スキルはコピーして上書き最強でいいですか

改造初級魔法で便利に異世界ライフ

3

深田くれと
Fukada Kureto

Illustration
藍飴

登場人物紹介
Main Characters
サナト
（柊《ひいらぎ》佐《さ》奈《な》人《と》）
本編の主人公。
異世界転移者ながら、
清掃係として暮らしていた。
ダンジョンで新たな力に
目覚める。
ルーティア
ダンジョンコア。
謎スキル『エッグ』が
進化した存在。
実体化することも可能。
リリス
人間と悪魔の
血を引く魔人。
特徴的なスキルを持ち、
ステータスも高い。

アミー
第三級悪魔。
外見に反し
高い残虐性を
有する。
グレモリー
第三級悪魔。
アミーと共に
サナトの使い魔
となる。
エティル
ギルドの受付嬢。
道案内として
冒険に同行する。
ウェリネ
強大な力を持つ
第一級悪魔。
ある契約を
サナトと交わす。

第一話　源泉

魔人のリリス、ダンジョンコアのルーティア、悪魔のバールとともに、バルベリト迷宮の攻略を続けるサナト。

敵の出現しない安全地帯かと思われた、四十一階層に足を踏み入れると、突如《時空魔法》の発動を察知する。

「一体、誰だ……」

サナトは近付いてくる不吉な影に思いを巡らせた。

同時に――

バールがひっそりと口角を上げた。

直径二メートルほどの黒い渦《うず》だ。何もない空中に、穴が広がった。

漏れ出る異質な空気が、場の緊張感を高めていく。

サナトは弾かれるように《ファイヤーボール》を発射した。

「……っ」

複数指定を行っての十連発。膨《ふく》れ上がった紅玉が、開いたゲートに飛び込んだ。溢れる炎が暗い穴から吹き出す。

間違いなく何かには命中しただろう。

奥からうめき声が聞こえたが、サナトは手を止めない。素早く視線を隣に移し、二つ目のゲートを睨《にら》みつけて再びの十連射。穴が膨大《ぼうだい》な炎を吐《は》き出した。

「先制攻撃は成功したか」

消え去ったゲートが《時空魔法》を行使した者の結末を示していた。

『危なかったね、マスター』

「ああ。また悪魔が出てくるとは。《神格眼》の力には感謝しないとな。正体が分かれば遠慮はいらない」

「ご主人様、今のは悪魔のゲートだったのですか？」

「間違いない。二匹も同時に来るとは思わなかった」

「すみません。また私のせいで」

しょげたリリスに、サナトはかぶりを振った。

「気にするな。なぜリリスを付け回すのかは分からないが、バールに比べればさっきの二人はどうということはない。たかだが、レベル60超えだ」

「えっ、それはかなり強そうですけど」

「大丈夫だ。見えたステータスはどれも１０００に届いていなかった。たぶんリリスなら一匹は相手にできたと思う。バール、さっきのやつらは知り合いか？」

「よく見えませんでしたが、名前は見えましたか？」

「一瞬だったが、アミーと……グレ……なんとかだ」

「グレモリーでは？」

「そうかもしれない。いや、確かにそんな感じだった」

「ということは、おそらく次は……」

「次？　何か知ってるのか？　と、考える時間もくれないようだな」

サナトはバールへの視線を切った。再び《神格眼》が《時空魔法》の兆候をとらえたのだ。

黒いゲートが宙に浮かんだ。

サナトとリリスが緊張感を顔に滲《にじ》ませる。

「サナト様、ここは私にお任せを。悪魔の扱い方はよく存じております」

「大丈夫か？」

軽い足音とともに、待機していたバールが進み出た。何が嬉しいのか、嫌な笑みを顔に浮かべている。

開ききったゲートの正面に陣取り、腕組みをして「さあ……誰が来るか」とつぶやく。

ほどなくして、待ち人は現れた。

ゲートに押し出されるように、白衣に真っ青なストールのようなものを首に巻いた悪魔が姿を見せた。白く長い髪が肩を越えて、腰にかかっていた。

よく見ればストールは黄色い目を持つ太い蛇《へび》だ。鱗《うろこ》一枚一枚が青く輝き、赤い舌を出して主人の首元を移動している。

真っ白な顔に金色の瞳。女性にも男性にも見える悪魔は、目の前に立つ男をまじまじと見て、驚《きょう》愕《がく》の表情を見せた。

「……バ、バール」

「おや、あなたに呼び捨てにされる筋合いはないですよ。ロキエル」

「なぜこんなところに。まさか攻撃したのは……」

ロキエルが怯《おび》えつつも、睨みつける。複雑な表情が、事態が予想外であることを示していた。

対して、バールは優しい声音で言った。

「無駄な詮索の前にやることがあるでしょう？　私がここにいる以上、あなたでは話にならない。すぐに呼んできなさい」

「……お断りします。あの方は大変お忙しいのです。あなたと違ってね」

「ほう」

バールの瞳が細まった。みるみるうちに暴力的な雰囲気を纏う。演技か、本気か。

ロキエルがのどを鳴らす。

「死にたいのですね」

腹の底から響く怒声が発せられた。

バールの背後に精巧な大蛇が三匹顔を出した。

どれもが土で作られた模造の蛇だ。しかし敵意を体現する蛇は、巨大な頭部をロキエルの青い蛇に近づけていく。

人形のような悪魔の顔に怯えが走る。

バールがにこりと表情を崩した。

「心配しなくとも大丈夫ですよ。私が呼んでいる、と一言言えば、すべてを理解するでしょう。彼女は聡明だ。ロキエルも知っているでしょう？」

「もちろんです」

「あなたが無駄な抵抗をしたら、どうなるか想像してみなさい。彼女はすぐに優秀な部下の死を知って、私を批難しにやってくる。それならば、部下を失わない方が良いでしょう。私も最初からけんか腰で対応せずに済む」

巨大な蛇が三方の逃げ道を塞《ふさ》ぐように移動し、正面からバールが近づく。わずかに低い位置に顔があるロキエルは、その圧迫感で縮こまるように身を震わせた。

「……呼んで参ります」

「それで良い。無駄な時間は彼女も嫌うところです」

バールが興味なさそうに手をひらひらと振る。土蛇がざっと音を立てて地面に還った。

ロキエルの首元をせわしなく動いていた青い蛇が、くやしげに威嚇音《いかくおん》をシューッと鳴らした。

＊＊＊

「さすがに早い」

ゲートが現れ、流れるように二人の人物が姿を現した。一人はロキエル。

そしてもう一人。

眉《まゆ》のあたりで切りそろえられた薄桃色の髪が見えた。続いて頭に生えるねじくれた二本の黒い角。後頭部で束《たば》ねた髪留め。

切れ長の瞳がこの場にいる人物を一瞥《いちべつ》し、とがった耳についたピアスが揺れる。物静かな雰囲気とは対照的な魅惑の漆黒の衣装。腰に巻いたラップスカートに似た衣装の間から、太ももを覗かせている。

「嫌な場所ね」

色とりどりの花が混じる草原をゆっくりと見回した悪魔は、場違いな発言を口にした。

（またとんでもないのが出てきたな……）

サナトは舌を巻く。

《神格眼》で感知してから現れるまでが早すぎる。恐るべき《時空魔法》の使い手だ。レベルもバールとほぼ同じだ。

ロキエルに怯えた様子が見られない。顔には「ざまあみろ」という優越感が浮かんでいる。

「何年ぶりかしら。ロキエルを脅《おど》してまで何の用？」

気怠《けだる》さを交えた声が、バールに向いた。

「ウェリネ、順番が違います。もともとロキエルが用を済まそうとしてここに現れたのです。私が偶然に居合わせたにすぎません」

「あなたの偶然ほど信用できないものはないけれど、まあいいわ。ロキエルはなぜここに？」

ウェリネが部下の言葉を待つ。

「それが、異常な《源泉》の使用を突き止めたので、部下を向かわせたのですが、バール様に殺されたのです」

「異常な《源泉》？」

「はい。対価無しに異常な攻撃力の魔法が何度も使われています」

ウェリネの切れ長の瞳が細まった。「対価無しに」という言葉を反芻し、バールを冷ややかに見つめた。

「何をやったの？」

「私ではありません。そちらにいるサナト様が原因です」

笑みを深めたバールは、さらりと事実を告げた。

第二話　源泉2

「相変わらず遊びが好きなことは分かったけれど、人間ごときに《源泉》の力をどうこうできるものではないでしょう？」

「何にでも例外は存在するのですよ。サナト様はその力を持っておられるのです」

美しいウェリネの顔に疑惑が満ちていく。

「バール、さっきからその呼び方はどうなっているの？　言葉遣いもおかしいし。なに？　この人間と契約でもしたの？」

「いえ。契約の方ではなく召喚ですね」

「しょうかんっ⁉」

驚愕の声をあげたのはロキエルだ。青い蛇が肩で飛び上がった。

ウェリネが、鼻で笑う。

「あなたが《悪魔召喚》の意味を分かっていないとは思えないけど？」

「もちろんです」

「第一級悪魔が人間に負けたとでも？」

ウェリネの切れ長の目が、サナトに向けられ、隣で身を固くするリリスを一瞥する。そして「冗談はよして」と肩をすくめた。

「その魔人と人間が協力しても無理だわ。無抵抗で殴られ続けたわけ？」

自分の言葉を想像したのだろう。何が琴線に触れたのか、小さな笑い声を漏らした。

だが、バールは真面目くさった態度で言う。

「疑うならば試してみればどうですか？　全力でやることを勧めますが」

「そう……」

途端、ウェリネのラップスカートが波打った。ロキエルが後方に距離を取ると同時に、場に竜巻が吹き荒れた。

風の塊《かたまり》がサナトを呑《の》み込む。轟轟《ごうごう》と重低音を響かせ、草花が無残に姿を消していく。巻き上げられた土砂がばらばらと音を立てて落下した。

「勝手に巻き込んでおいて、いきなり攻撃とは」

風がやむ。金色の盾に囲まれたサナトが苦々しい表情で腕組みをしていた。

ウェリネと数秒睨み合い、バールに視線を向ける。

「今のは、俺の命が危険だぞ。守るべきだろ」

「ご心配には及びません。サナト様ならあの程度、児戯《じぎ》も同然。無傷は確信しております」

「……勝手なやつだ。で、ウェリネとやらは満足したのか？」

悪魔が「驚いたわ」と両目を見開き、唇を舐《な》めた。金色の瞳に、ゆっくりと興味深さが混じってくる。

「《時間停止》」

「《時間停止》解除」

音もない魔法。場の時間が奪われかけ――対抗魔法によって元に戻った。

「その手はもう知っている」

「そう……誰が手の内を明かしちゃったのか聞いてみたいものね。しかもなぜ《時空魔法》まで使えるのかしら」

ウェリネがバールを流し見た。批難するような声色だが、顔は笑っている。そして、何かを確かめんとサナトに近づいていく。

「待て。それ以上近づくなら宣戦布告と判断する」

「まさか。そんなつもりはないわ。近くで見たいだけよ。それくらいなら構わないでしょ？　あっ、言っとくけど、魔人の子が手を出したら私が宣戦布告だと判断するからね」

動こうとしたリリスを目線で制し、ウェリネは堂々と歩を進めた。

サナトは警戒をしつつ困惑する。

おかしい。近くなるほどなぜかウェリネに惹かれていく。思わず自分から進み出そうになるほどに。

異常に親しみを感じる状況があまりに不自然すぎる。

弾かれるように魔法を使用した。

「《神癒の領域》」

まばゆい巨大な円形の光が現れた。うつろな表情に変化していたリリスの焦点が合わさる。

遅れてサナトが大きく息を吐いた。

「自然に魅了状態にしてくるとは。《精神操作》とは恐ろしいスキルだな」

《神格眼》ではウェリネから伸びる無色の矢印だけが見えていた。だが、何の魔法かと訝《いぶか》しむうちに状態異常をかけられたのだ。

気づけば、ウェリネは目と鼻の先だ。顔には微笑が浮かんでいる。

ウェリネがほっそりとした腕をサナトの肩に伸ばした。

白魚のような指が、灰色のローブの上から当てられた。

人差し指と中指、そして親指の三本が、蟻でもつまみあげるようにすると――

「っ……お前」

「ふふふ」

万力《まんりき》で締め上げるような力がサナトの左肩にかかる。骨がみしみしと嫌な音を立て、痛みに顔が歪《ゆが》む。

しかし、妖艶《ようえん》に微笑む悪魔は手を緩めない。

肩甲骨に爪先を食い込ませながら、地面に押し付けんばかりに力を加えていく。

一気に脂汗を流し始めたサナトは、痛みに抗《あらが》いながら目の前の悪魔を睨みつけた。片膝がその重みに崩れた。

ウェリネの表情がますます喜悦に歪む。

「ご主人様っ！」

「動くな！」

リリスが怒りを露わに大地を蹴った。だが、サナトは右手をあげて必死に制する。

(ウェリネはバールと同格。ロキエルは少し下。部下も大勢いるだろう。仮にバールがウェリネを押さえても、敵が多い。リリスが危険だ)

サナトは苦痛に顔を歪め、あざ笑う悪魔を見上げた。決して負けを認める表情ではない。

何かが砕ける音が場に響いた。

サナトの両目が大きく見開かれ、苦し気な息が漏れた。ウェリネが満足そうに瞳を三日月型に細め、踵《きびす》を返した。

「ご主人様、大丈夫ですかっ!?」

リリスが駆け寄った。サナトは額を汗で濡らしながら、「大丈夫だ」とつぶやく。

一瞬にして白い光が身を包んだ。爪痕《つめあと》から流れ出た血がぴたりと止まり、みるみる傷口が塞がる。

ウェリネが感心したように振り返った。

「回復もお手の物ってわけね。でも――」

いらだった様子でバールを睨《ね》め付ける。

「多少戦えそうなのは認めるけど、この程度なら殺せるはずよ。ステータスそのものの体の造りじゃない。あなた、この人間で何がしたいわけ？」

「ウェリネ、少し耳を貸してください」

「はあっ？」

バールは静かに近づくと耳打ちをした。

「……本気？」

ウェリネが真剣な顔で問いかける。冗談めいた雰囲気が嘘のようだ。

「本気です。対価としては十分でしょう？　ウェリネが少し協力してくれれば確実です。この程度ならあなたの力でできるでしょうし」

「約束を違えたら？」

「約束とは契約も同様。私に不履行などありえません」

ウェリネが俯《うつむ》いて考え込み、ため息をついて顔を上げた。ぎらつく瞳。隠しきれない野心が見て取れる。

「いいわ。協力してあげる。でもどの程度のものになるか分からないわよ」

「それは承知のうえですが、十中八九、今以上にはなるでしょう」

「そう。サナトって人間はそれができるのね？　ロキエル、ちょっとこっちに来なさい」

白衣の悪魔がすばやくウェリネの元に近づく。

何が始まるのだ、と緊張感が滲み出ている。

「待て。俺にも説明しろ。当事者を無視して悪魔だけで話を進めるのはまったく気に入らない」

リリスを伴って近づいたサナトをウェリネが眺める。

呆《あき》れとも感心ともとれる表情だ。

「骨まで砕いたのに元気ね。普通の人間なら二度と私に近づかないわ」

「身勝手な暴力は何度も体験しているからな」

皮肉に笑うサナトに、ウェリネが「自慢にならないわ」と微笑んだ。

「でも、引かない姿勢は悪くないわ。いいでしょう。悪魔の深淵《しんえん》を覗いた人間よ。少しばかり説明してあげる。第一級悪魔の私がね」

第三話　源泉3

世界には魔法が存在する。

それは己の意志を貫くための技術であり、外敵から身を守る術《すべ》だ。モンスターが跳梁跋扈《ちょうりょうばっこ》する危険な地域で、ひ弱な人間が生活するためには必要不可欠なものである。

だが、人間という生き物は強欲だ。

誰かを守るための魔法を自己の欲望のために使う者が現れる。

金のため。領土のため。栄達、名誉、誇り。欲望とは限りない。求めるものが多いほど魔法を多用する。

冒険者が現れるようになると、己の武力を示すために、また魔法を重ねる。

圧倒的な魔法。逃げるための魔法。魔法の種類は数多い。

だが、悪魔にとってはどれも同じなのだ。

人間が消費するＭＰは、彼らにとって生きる糧《かて》だ。

だからこそ、悪魔は古来より自分達の存在を維持するために、様々な方法で魔法を使う人間を増やそうとしてきた。

魔界で最弱に等しい魔物を人間の世界に放ち、繁殖《はんしょく》させ、根付かせ、生活の場を危険な場所へと変化させた。

弱者同士の生存競争を煽《あお》り、戦いがなくならないように。

一方で、初級魔法を誰もが簡易に使用できるよう金で買える仕組みを作り、武器を与えた。魔法とは素晴らしい、身を守るために必要だと誘導したのだ。

争いの絶えない世界で生きる人間は、易々と誘導に乗っかり、魔法を身近なものと認識する。

どこかでモンスターや人間が殺され、その数だけ魔法が飛び交うことが当たり前となるのだ。

そして――

悪魔達は日々ＭＰを吸収し、繁栄していく。

「その話が、《源泉》とどう繋がるんだ？」

サナトが疑問を呈した。

ウェリネがくすくすと笑う。

「簡単よ。《源泉》というのは悪魔そのものなの」

「悪魔そのもの、だと？」

「純粋な人間は、単独では魔法が使用できない。でも、身勝手に他者を攻撃することにかけて、人間は他の生物とは比較にならない素晴らしい才能を持っている。進んでＭＰを与えてくれる生き物を放っておくと思う？」

ウェリネがあざ笑う。人間の存在そのものが悪魔のためにあると言わんばかりだ。鮮やかな口唇がぬらぬらと艶《つや》を帯びていた。

「《源泉》っていうのはね、『ＭＰを対価に魔法の力を貸し与える悪魔』と思えばいいわ。たとえば、あなたの場合は――」

ウェリネが、隣に立つロキエルに目配せをした。青い蛇がシューッと一鳴きする。

「貴様の場合は、第三級悪魔グレモリーだったのだが、死んだために私に移譲されている」

「つまり、魔法を使うと知らないうちに悪魔から力を借りていると？」

「そうよ。悪魔を忌《い》み嫌いつつ、魔法を使用しているのだから笑わせるわ。使えば使うほどにMPは私達に渡され、魂が剥《は》がれていくの」

「待て。MPの話は理解したが、『魂が剥がれる』とはどういうことだ？」

ウェリネが、にぃっと三日月形に口を曲げた。壊れるような表情には狂気を感じる。

バールが小さく舌打ちを鳴らす。

「それは話す必要がないのではありませんか？」

「いいじゃない、せっかくだし教えてあげれば。知ったところでどうすることもできないのだから」

「おしゃべりなのは変わりませんね」

バールが肩をすくめた。「止めなくていいのですか？」とロキエルに問われたものの、「好きにしてもらいましょう」と笑うだけだ。

意気揚々とウェリネが続ける。

「MPっていうのは魂が剥がれる際の残滓《ざんし》なのよ。悪魔にとっては前菜みたいなものかしら。少ないけど、一時的な満足感を与えてくれるもの。でも、メインディッシュは魂よ。特に人間の魂は美味だわ。足掻《あが》いた魂ほど——」

「ウェリネ、あなたの好みは置いておきなさい」

「あら、ごめんなさい。バールに止められるなんて……えっと……要は魔法を使うほど魂が剥がれて、完全に剥ぎ取れる状態になったら担当の悪魔が回収するってこと」

「人間を殺しに行く、と？」

「魔界に連れて帰ってからね」

「どの程度魔法を使えば、その……魂が剥がれるんだ？」

「それが問題なのよねー」

ウェリネが悪戯《いたずら》っぽい表情で、艶のある唇に人差し指を当てた。金色の瞳が怪しく光る。

「魔法をちまちま使うだけじゃ、なかなか到達できないのよ。寿命の短い人間なら五十歳を超えてからかしら。神級の魔法を使える人間もまずいないしね」

「……神級の魔法だと、剥がれるのが早いのか？」

「初級より神級は格段に速度が上がるわ。でも、もっと手っ取り早い方法があるの。それはね——死ぬことよ」

リリスがはっと息を呑んだ。何かを恐れるようにサナトの横顔を見やる。

「一度死ぬこと……だが、蘇生《そせい》アイテムがある。ボス部屋でも一度目の死は無かったことになるはずだ。どちらかと言えば死を救済する仕組みのはずだ」

「だから都合がいいのよ。一度死ねば、魂は肉体から剥がれやすくなる。そうなれば私達も回収しやすいわ。でも、あっさり死なれると回収できずに終わることの方が多いのよ」

「その言い方だと、まるでお前達が、死んでもいいと思える環境をわざと作っていると聞こえる」

ウェリネがパンっと両手を合わせた。

金色の瞳が一層輝き、出来の悪い教え子をほめるように言う。

「ようやく気付いたの。正解よ。蘇生アイテムも、ボス部屋も、すべて人間が死んで大丈夫な環境を作るためにあるの。何度も蘇《よみがえ》ってくれれば、魂は綺麗に剥がれて、私達は苦労せずに済む。《源泉》を担当する悪魔が流れ込むMPを捕捉して、使用者の魂の状態を見ながら絶好のタイミングで姿を現す。そして――ジ・エンドって感じ」

けらけらと笑うウェリネは子供のようだ。

重大な世界のシステムが悪魔の都合に合わせて作り上げられているという事実を、サナトはゆっくり自分の中で咀嚼《そしゃく》する。

隣で驚愕しているリリスは声も出ない。

「お前達が出向いて、無理やり蘇生アイテムを持たせて殺した方が早いんじゃないのか？」

「そうできたらいいんだけどね。私達悪魔は――」

「ウェリネ、そこはさすがに禁止ですよ」

声を落としたウェリネに向けて、バールが素早く制止の言葉を発した。

口にできない事情があるのだろう。貝が閉じるようにウェリネが口をつぐむ。

サナトが話を変える。

「なるほど。とにかくお前達が現れた理由は分かった。つまり、俺が使っている魔法は、消費MP

1に対して攻撃力が500だからおかしいと。対価も無しに膨大な力を借りていると言いに来たわけだ」

「そう。ロキエルはイレギュラーを排除したうえで、あわよくば魂も回収しようとしたのかしら?」

「はい」

ロキエルが舌なめずりし、青い蛇が獲物に誘われるように、体の上半分をサナトに伸ばした。

リリスが危険を察知し、バルディッシュを構えてすばやく前に立つ。

「確かに……あなた、少し剥がれているわ。その年齢で無茶をしているのね。一度死んだのかしら? そういえば、アミーとグレモリーを殺したのは本当にバールなの? もしかして……」

「察しがいいですね。それもサナト様です。高威力魔法の連発を受けて、彼らはあっさり死にました。まあ第三級ではひとたまりもないでしょう」

「ふーん。それが事実ならグレモリーは困っていたでしょうね。一方的に借りられるだけで対価が無いのは初めての経験でしょうし。そのうえ、ようやく居場所を突き止めたと思えば、まさか返り討ちに遭《あ》うなんて。不憫《ふびん》な子」

言葉とは裏腹に、ウェリネはくすくすと笑い声を漏らした。

面白くて面白くて仕方ないと言わんばかりだ。

ロキエルがわずかに眉をひそめた。

「で、その異常な魔法を使う俺をどうするつもりだ?」

「殺す、と言いたいところだけれど、バールとの約束があるので対応を変えるわ」

「約束の内容は？」

「それは話せない。まあ、いずれ分かるでしょう。まず、やらないといけないことは――ロキエル、《源泉》の権限を私に渡しなさい」

「……え？　人間の《源泉》をウェリネ様が？　それなら、バール……様にやってもらえば」

ロキエルが心配そうな様子を見せるが、ウェリネは薄く笑うだけだ。

「私がやると言ったら、さっさとよこしなさい。系統が違えばできないことくらいは知っているでしょう」

「……承知しました。『第二級悪魔ロキエルより、個体名サナトの《源泉》を第一級悪魔ウェリネへ移譲します』」

「承諾するわ。本当に久しぶり。人間の《源泉》を引き受けるなんて何百年ぶりかしら」

迷いのない美声が全員の耳朶《じだ》を打った。

悪魔同士の契約とは、唯一のルールを除けば、人間のものと変わらない。

たった一言で、サナトの魔法の《源泉》はロキエルからウェリネに渡された。

サナトが、その変化を確かめようと《ファイヤーボール》を明後日の方向に放つ。

炎弾が岩肌に大穴を開けたが、特に変化は見られない。

ウェリネが腰に手を当て、呆れたように言う。

「三級悪魔だとあなたの魔法の反動に耐えられないから私が代わっただけで……威力は上がらないわ。圧倒的な力の容量を持つってだけ。強力な魔法になると思ったのなら残念だったわね」

「ところが、サナト様の場合はそうではないのですよ。くくく」

笑いを必死に堪えていたバールが声をあげた。いかにも「してやった」と顔に書いてある。

ウェリネの訝しむ声が響く。

「……どういうこと？」

バールは、にやにやと嫌な笑みを消さずにサナトに向き直った。

「サナト様、魔法の攻撃力をルーティア殿の力で上げてしまってください」

「威力を？　……分かった」

首を傾《かし》げながらも、サナトは目をつむった。中にいるルーティアに指示し、《ファイヤーボール》の威力の変化を試みる。

予想外の話に、ウェリネが声をあげた。

「ちょっと待ちなさいよ！　ルーティアって誰よ。神級の魔法でも５００が限度なんでしょ？」

その場に虚《むな》しく反響した言葉に、誰もが黙りこくった。

サナトがようやく目を開けた。

「いや、どうも５００を超えられるっぽいぞ。どこまでかはまだ分からないが」

「……えっ？」

ウェリネの切れ長の瞳が驚くほどに丸く変化した。

「くくっ……ユニークスキルである《魔の深淵》を持たないウェリネは、魔法の攻撃力が見えませんからね。無理もない。普段自分が使う魔法の攻撃力すら知らないでしょう？」

「さっき、上限は５００だって言ったじゃない。……まさか」

「それは第三級悪魔が《源泉》を担当した場合です。我々の神級魔法の攻撃力は５００を軽く超えます。その程度で収まるはずがないでしょう？　ありがたい話だ。自ら奪われるだけの《源泉》を買って出てくれるなんて。上位者から下位の悪魔に譲渡はできませんから、ウェリネから渡せる悪魔はおりません。いるとすれば……いえ、これは言いっこなしですね……くくくっ」

「バ、バール、あなた、私を騙《だま》したわね？」

「まさか。『あの人間が使う魔法の威力は？』と聞かれたので『５００です』と答えたまで。同格の悪魔を騙すなどとんでもない。人間が使う神級なら何発使っても大丈夫だ、と豪語していたのですから、しっかりサナト様の《源泉》を担当してもらいましょう」

「あなた……覚えてなさいよ」

「まあ、ウェリネなら、たまに息切れする程度で済むでしょう」

ウェリネが掴みかかろうとするのを、バールが身軽な動作でかわす。

徐々にその速度が上昇していく。

「結局、魔法の攻撃力はどこまで上げていいんだ？　３万くらいまでは上がると確認できたようだぞ？」

「待ちなさいっ！　そうね……500はあれだから……その倍の1000くらいにしておきなさい。いくら私でも回復には時間がかかるわ」

「サナト様、ウェリネの言うことなど聞き流して構いません。見積もりが甘すぎます。私の見たところ、連発を考慮しても3000は可能なはず。一人で何千人の人間の《源泉》を担当する悪魔もいるのですから、サナト様一人くらいなら大丈夫です」

「それは本当に初級や中級ばっかりの話でしょっ！　サナトの場合は対価がMP1なんでしょ!?割に合わなすぎるわ！」

だんだん厳《おごそ》かな雰囲気が崩れてきた。

サナトは大きくため息をついた。ふと、微動だにしないロキエルを見ると、目が合った。

人形のような白い顔に、何とも言えない感情が浮かんでいて、ロキエルはさっと目をそらした。

「リリス、どう思う？」

「……私にはよく分からないです。でも、ご主人様がまた強くなるってことで、いいんですよね？」

「たぶんな。攻撃力3万を使うと、ウェリネはどうなるんだろうな」

『もし力の奪われすぎでウェリネが死んじゃったら、マスターの《源泉》担当はいなくなるんだよね？　魔法使えなくなるのかな？』

「確かに。《源泉》を渡せる者がいないって言ってたもんな。それは困る……やっぱり3000くらいにしておくか」

「そうですね……それがいいと思います」

サナトがしばらく考え込んでから、顔を上げて言うと、リリスも同意した。

置いてけぼりのロキエルが主人の姿を目で追っている。

どことなく青い蛇が寂しそうだ。

一方、第一級を名乗る二人は、戯《たわむ》れるように様々な場所を高速で移動している。案外、仲は良いのかもしれない。

「ルーティア、《ファイヤーボール》の攻撃力を３０００で固定してくれるか？」

『はーい』

世界で神級と呼ばれる魔法を遥《はる》かに超えた魔法が生まれた瞬間だった。

第四話　その瞳こそ

ウェリネとロキエルが去っていった。

その場にずっと生じていた圧迫感が消え去り、誰かが大きく息を吐いた。

「結局、あいつらは目的を果たしたと言えるんだろうか……」

「ご主人様が強い魔法を使うのを止めたかった、という風に言ってましたけど、ウェリネさんに《源泉》を交代しただけなんですよね？」

「みたいだな。ウェリネが担当してくれると威力が上がるみたいだから、願ったり叶ったりなんだが……魔法を使えば使うほど魂が剥がれると言われると……うーん」

サナトが腕組みをしながら悩ましい表情を作る。

ＭＰとは魂が剥がれる際の残滓。毎回ＭＰを１しか消費しないのならば、剥がれる速度は人より遅いことになる。

だが、行きつく先は変わらない。

いずれ魂の回収にやってきた悪魔に殺されて終わりだ。

「……とは言ってもな」

人よりステータスが劣るサナトは魔法に頼らざるを得ない。

これからどうなるのかと心配する気持ちはある。しかしどうもイメージが湧かない。

魂と言われても、見えない者にとっては実感が無いのだ。

そして話の通りならば、やって来た悪魔を返り討ちにすれば事が済む。

まだ死ぬわけにはいかないと駄々をこねればいいのだ。

サナトは一通り考え、ぐるりと首を回した。

「俺の魂が剥がれたら、ウェリネが回収に来るんだろうな」

「もしそうなったとしても、私がサナト様の前に立ちますので、問題ありません」

「バールが？」

「意外ですか？　サナト様とは私が先に契約を交わしています。ウェリネであれ、他の悪魔であれ、魂を渡すわけにはいきません」

バールの金色の瞳がすうっと細められた。

焦点が微妙にずれ、サナトの体の中心に向けられている。

私のものだと言いたげだ。口元がにんまりと歪んだ。

「《悪魔召喚》のことか？　悪魔を倒したら与えられるものだと言っていただろ」

「その通りです。ただ、スキルの取得と同時に自動的に悪魔との契約も発動しますので」

「つまり、自分が死んでも、タダでは転ばないシステムってことか」

殺そうとして返り討ちにあったとしても強制的にスキルを押し付ける。

ひどい押し売りだ。

「《源泉》を担当する悪魔と争いにならないのか？」

「順序としては、暗黙のルールで契約が優先。《源泉》は二番目です。そのため、気に入った魂を見つけた場合は積極的に契約を持ちかける場合もあります」

悪魔に気に入られることは幸運ではないが、要は青田買いだ。

隣で耳を傾けていたリリスがバールを見上げた。瞳は憂《うれ》いを帯びている。

「あの……ご主人様の魂が連れていかれるというのはどうにかならないのですか？」

「どうにもなりません。魔法を使用する対価ですから」

悪魔がばっさりと切り捨てる。

場に沈黙が舞い降りる。

サナトがリリスの頭にぽんと手を置いた。

「大丈夫だ。ウェリネの話では先のことだ。死ななければ魂が剥がれる心配もなさそうだしな」

努めて明るくふるまうサナトに、リリスは小さく「はい」と答えて俯いた。だが、すぐに「ううん、ダメだ」と、顔を上げる。

青と白の特徴的な鎧が静かに音を立てた。サナトの前に回り、はっきりと告げる。

「……私が必ず守ります」

「リリス……そんなに心配しなくて大丈夫だぞ。桁違《けたちが》いの魔法も、盾もある。いざとなれば逃げることもできる」

「それでも、です」

まっすぐな瞳には力が込められている。

サナトは嬉しそうに顔を綻《ほころ》ばせた。

細い腕、細い足。静脈が透けるほど白い肌。単独で悪魔と張り合える冒険者には見えない。

かすかに色づく桃色の口唇は、何かを言おうとして言葉を呑み込んだ。

（手に入れて良かった。出会いに感謝しないと）

さっきの悪魔との一幕は、一歩間違えば死につながっていた。それは二人に言えることだ。薄氷を踏むかのような緊張感の中で、普通の人間と変わらない彼女は多大なプレッシャーを感じていたはずだ。

しかし、リリスは決して萎縮《いしゅく》していない。

小さな体に不釣り合いのバルディッシュを、意のままに操って敵を倒せる仲間。誰にも負けないその美しい容姿。

そんなものはリリスの付属品に過ぎないのだ。

サナトは、この意志の強さが何よりもまぶしかった。

異世界に転移し、強くなると自分に言い聞かせつつも、あきらめかけていた。

美しいほどに澄み切った薄紫色の瞳にはサナトの顔が映っている。この瞳が純粋に力を求めた頃の気持ちを思い出させてくれるのだ。

「リリス、ありがとう」

「……ぇぇっ!?　ご、ご主人様……あの、そ、その……」

サナトは手を広げて、細い体を抱きしめた。

リリスが突然のことに目を白黒させ、手を彷徨《さまよ》わせる。顔は朱色に染まっていた。

サナトは離さない。言葉にできない感謝を言い表すように、無言でぎゅっと力を込めた。

「ご主人様……」

ゆっくりと、リリスの腕が大きな体を受け入れた。おずおずと腰に手を回し、迎え入れるように頭を預ける。

「どういたしまして」

リリスは優しい声色で言った。

第五話　敵にならない

現れる敵とは隔絶した力の差があった。

四十二階層に降りて、何十発放っただろうか。

《ファイヤーボール》が唸《うな》りをあげて敵を抹殺する。

見慣れた光景だ。だが体内を巡る魔力の流れは明確に違う。淀《よど》みなく、力強い。

《源泉》が変わって以来、魔法が己のイメージを軽々と超えていく。サナトは思わず、満足感から笑みをこぼす。

「すごい力だな」

『ほんとすごいよね……今までは無理に力を絞り出す感じだったのに』

「使ってみて分かる変化だな。こうまで違うとは」

曲がり角からサルのようなモンスターが顔を出した。

敵は炎弾一発で消滅する。

続いて、背後に隠れていた一匹に気づいたリリスが飛ぶように駆けた。

左下から振り上げられるバルディッシュ。衝撃とともに、モンスターが真っ二つになる。

「ご主人様っ、階段がありました！」

「もう、そんな場所か。次は四十三階層だから、敵のレベルは38だな。……思ったんだが、冒険者でそれくらいのモンスターと渡り合えるやつはいるんだろうか」

『さぁ？』

「どうでしょう。同レベルなら少しは戦えるとは思いますけど、囲まれると難しいのでは」

「だろうな……」

「ご主人様、それがどうかしたのですか？」

「いや、何でもないさ」

サナトは軽く肩をすくめて歩き出した。

（すでにリリスはレベル59。このエリアの敵は相手にならないだろう。それに、やはりレベル以外に潜在能力みたいなものがあるな……）

ちらりとリリスを横目で窺う。力の値が１０００を突破した。

白い手には、不釣り合いな大きさのバルディッシュ。

最初は違和感があったようだが、馴染《なじ》んだようだ。

敵を一撃で屠《ほふ》るその姿は、小さな魔人そのものだ。

(迷宮の地形を考えれば、もうすぐ底に到着する。そうなれば……リリスのことを外で自慢したいような、したくないような複雑な気持ちだな)

「ご主人様？」

「何でもない」

リリスがサナトを見つめていた。美しい髪と同じ薄紫色の瞳に、疑問の色が浮かんでいる。

サナトは慌てて咳《せき》ばらいをしてごまかす。

「サナト様」

赤髪の悪魔が名前を呼んだ。

「どうした？」

「わずかばかり御身の元を離れてよろしいですか？」

サナトは面食らった。

しばらく共に行動すると言った悪魔が、ここで離れるとは思っていなかった。

「理由は？」

「探し物があります。それに、今のサナト様ならこの迷宮に敵はいないでしょう。リリス殿もそばにおりますし」

バールがリリスをしばらく見つめ「私が不在の間に主を死なせることのないように」と告げた。

「探し物と言ったが、それは何だ？」

「申し訳ありません。見つかるかは運次第なので、今は差し控えさせていただきます。最初にお約束した通り、命の危険が無い限りは勝手に行動させていただくことがございます」

バールは微笑みながら優雅《ゆうが》に頭を下げた。

サナトは堂々たる態度に苦笑いする。

「また何かたくらんでいるのか？」

「どうでしょう。案外行き当たりばったりかもしれません」

「あり得んな。ウェリネやロキエルが来ると分かっていたようだし、今思えば、迷宮で俺に何度も《フレアバースト》を撃たせたのもそれが理由じゃないのか？」

「黙秘させていただきます」

バールは多くを語らない。

サナトはひらひらと手を振った。

「なら、さっさと用事を済ませてきてくれ。そうしないと、リリスとルーティアも張り合いがなくなる」

「ありがとうございます。では早速」

サナトは《悪魔召喚解除》を使用した。

バールが暗い《ゲート》を開き、中に歩を進めた。

＊＊＊

四十四階層より下は魔境だった。

だんだんと狭まっていくのに、敵の数が変わらない。所狭しと現れるモンスターの群れが行く手を阻み、間断なく戦闘が続いた。

魔法を使うネズミや、奇怪な言葉をしゃべりながら、裸の人間のような姿で迫ってくるアンデッドなど、どれも見たことがない敵だった。

四十六階層を超えると敵のレベルは42に跳ね上がった。四十階層より下は三階層ごとに敵のレベルが4上昇している。

「数は多く、敵が強い、おまけに通路も細いときている。詰め込みすぎだ」

「大きな動きが取りづらいですね」

隣にいるリリスと雑談をしながら、サナトは《ウォーターランス》を放った。

槍形状の魔法は貫通効果を持つ。遠方にいるモンスターを貫き、さらに奥で何匹もの断末魔が響いた。

リリスが感心したようにサナトを見つめる。

「狭い場所だと《ファイヤーボール》より使いやすいですか？」

「《ファイヤーボール》は燃え広がるからな。細い道だとリリスが敵を見失うだろ」

『あっ、マスター、後ろに敵が来たよ』

「了解。毎回毎回、どこから現れるのやら」

振り向かずに《ウォーターランス》を放った。

狙いが外れることはない。

《神格眼》による広範囲な視野は背後も含む。そして敵の指定はルーティアが担当している。

「ご主人様おひとりでも突破してしまいそうですね」

「そんなことはないさ。俺だけだとさっきの人間みたいなアンデッドが迫ってきたら逃げ出すかもしれない」

わざとらしく肩をすくめたサナトを見て、リリスが小さく笑う。

「もしかして、あの時ちょっとびっくりされました？」

「かなり、な。四人も五人も奇声をあげて走ってくれば、びっくりするぞ」

「ご主人様にも怖いものがあるんですね」

「怖い、というより生理的に受け付けない。ところどころ腐った皮膚みたいなのがダメだ。そういうリリスは真っ先に切りかかっていたが、怖いとか思わなかったのか？」

「私ですか？　えっと……まあ、一目見ればだいたいの強さは分かるので」

「そうじゃなくて見た目の話だぞ」

「見た目はあまり気になりません。怖さで言えば、ウェリネさんやロキエルさんの方がずっと怖いです」

　この世界の人間とは感じ方が違うのだろうか。

　確かにステータスが高い悪魔の方が危険だが、見た目が美しすぎるがゆえに、警戒心が緩むのかもしれない。

「見た目に振り回されるな、か。また勉強になったな。ありがとう」

「いえ、当然のことを申し上げただけです」

　嬉しそうに頬を染めるリリスが、話を変えるように遠くを指差した。

　一本道の奥に、下に伸びる空間を見つけた。

「あっ、次の階段です」

「四十七階層か」

＊＊＊

　四十七階層にはモンスター部屋があった。一本道を抜けた広場だ。

通過を強制する部屋ほど嫌なものはない。

どうしてもアイテムが枯渇し、体力が大きく削られる。

普通の冒険者であれば、生死がかかる場面だろう。

「この非道なダンジョンを作ったやつの顔がみたいな。これは無理だろ」

『見たじゃん。あの白いドラゴン』

「……そういえばそうか。なんのためにこんなものを作ったのやら」

「ご主人様、敵のレベルはどれくらいなのですか？」

「42だ。奥にいる大きなゾンビが親玉だな。あいつだけ45だ。殺せば全員が消えるか、奥の扉が開くだろう」

「入り口に扉は無いですね」

「逃げたらどうなるだろうな。階段を登ってまで追いかけて——っと、そんな話をしている場合じゃないな」

ゾンビの群れが、意志を持つかのように動き出した。くぐもった声を響かせながら、ゆっくりと歩き出す。

サナトは右手を上げた。口元に笑みがこぼれる。

「じゃあ、《フレアバースト》と行こうか。リリスは下がってくれ。俺達に影響はないはずだが、念のためだ」

「はい」

「いくぞ、ルーティア」

『攻撃力３０００！　はっしゃーっ！』

薄緑色の空間。蠢《うごめ》く無数のモンスター。

その頭上に、小さな火種がぽつんと姿を現した。

第六話　最終階層へ

『すごい魔法だったねー』

「見た目は変わっていないが、爽快感があったな。ＨＰバーの振り切り方も早かった気もするし」

「……ご主人様、またレベルが上がりました」

「おっ、あれだけ敵を倒すとすごいな。リリスのレベルも63か。俺の8倍近く……ＨＰが２０００を超えたぞ」

「そ、そんなにですか」

比較するのがばかばかしくなる差だ。リリスのステータスはバールに近い。力は１０００を超え、素早さも１１００超えだ。ロキエルにすら匹敵する。

「すごいぞ、リリス。出会ったときはレベル10台だったのに。迷宮だけで50ほど上がったな。向かうところ敵なしだ」

「そんな……すべてご主人様のおかげです」

リリスの言葉が尻すぼみに小さくなる。

サナトは地面に落ちたバルディッシュに手を伸ばし――

（重い……こんなものを振り回しているのか）

思わず顔を引きつらせかけ、慌てて取り繕う。

片手で持ち上げると落としそうだ。さりげなくもう片方の手を伸ばして、柄の二か所を握りしめた。

重量挙げに挑む選手のように脇を締め、全身に力を込めて、青刃のバルディッシュを胸の前に持ち上げる。

腕は伸ばさず、笑顔でリリスに献上する体勢を取った。

「ありがとうございます」

嬉しそうに頬を緩めたリリスは、両手でバルディッシュを受け取った。

サナトの両腕にかかっていた負荷が消える。

「バルディッシュにも慣れたみたいだな」

「はいっ！　ようやく手に馴染みました」

屈託《くったく》なく笑うリリスは、片手に持ち替えくるくると回す。

青い軌跡が空中に描かれた。素晴らしい斧捌《おのさば》きだ。

「……すごいな」

そうつぶやくサナトの中で、ルーティアがくすくすと忍び笑いを漏らした。

＊＊＊

モンスター部屋の臭気を取り除くために《清浄の霧》を使用したサナトは、ここで一泊することに決めた。

手慣れた様子で料理を始めたリリス。

再び外に現れ、魔石を拾い集め始めたルーティア。

バールがいないために土のかまくらは作れない。

本気で《地魔法》を手に入れようかと悩んだが、腹ごしらえが終わるころには、「些細《ささい》なことか」と思い直した。

心地よい疲労感に身を任せ、ひんやりとした壁に背中を預ける。

敵は全滅させた。見張りは必要ないかもしれない。

しかし、何かあってからでは遅い。「三人で交代しながら寝よう」と提案したサナトは、二人の少女の猛反対を受けた。

主人は寝なさいということらしい。

特にルーティアは「私は疲れていないから」という言葉を何度も口にした。

「じゃあ、俺は先に寝かせてもらう」

「うん。私が見てるから安心して」

壁際にマットを寄せごろりと寝ころんだサナトは、自分でも気づかないうちに夢の世界へと落ちた。

悪魔と出会い、一日ですさまじい数の敵を屠った。

レベルが低い人間の肉体的な疲労感は人一倍だ。普通に歩くだけでもリリスより体力を使う。

「ご主人様、ずっとがんばっていましたから」

「マスターは人より見えてる情報も多いしね。リリス、先に寝ていいよ。私、ほんとにあんまり疲れてないから」

「外に出ないと疲れないんですか？」

「それもあるんだけど、今日はマスターがたくさん敵を倒してくれたから」

「変わった体質なんですね」

「なんでだろうね……何か引っかかってはいるんだけど、私もよく分かんないの。まあ、それはともかくお先にどうぞ。隣、空《あ》いてるよ」

「……じゃあ、お先に」

「うん」

リリスは寝息を立てるサナトを確認し、鎧を外し始めた。

腕甲、足、スカート部分、胸胴部分。音を立てないように慎重に。

大事な髪留めをアイテムボックスに丁寧に収め、代わりに柔らかい素材のワンピースを取り出して着替えると、二人では狭いマットの端に、身を横たわらせた。

背中を向けた主人にぴたりと寄り添い、その息遣いに耳を傾け、頭を寄せる。

リリスは上半身をもたげた。

そして、しばらく眺めたあと、少年のように見える寝顔に告げた。

「ご主人様、おやすみなさい」

体を元の位置に戻し、小さく丸まったリリスは、聞こえてくる主人の規則正しい寝息を聞きながら、すぐにやってきた睡魔に身を任せた。

＊＊＊

翌朝、サナトは肉の焼ける匂いで目を覚ました。

ゆっくり意識が覚醒し、体を伸ばす。

ローブのまま眠ったせいか、ところどころ体に違和感があったが、凝《こ》りをほぐすうちに元に戻った。

離れたところでは、鎧姿のリリスがルーティアに何かを教えている。

お肉は片面だけじっくり焼けばいいみたいです、と説明する声が耳に届いた。

サナトは自分の身なりを手で触りながら確認する。

温かめの水で顔を洗い、短い髪を整えた。

慣れた手つきでマットを丸め、魔石が大量にひしめき合うアイテムボックスに無理やり詰め込む。

「おはよう」

「おはようございます、ご主人様」

「マスター、おはよー」

白いドレスに身を包むルーティアとリリスが振り返った。

艶《あで》やかな二人の姿が目にまぶしい。

「すぐ焼けますのでもう少し待っていてください」

サナトは適当な石に腰かけた。

しばらくして、フライパンが三人の前に差し出された。切り分けられた肉と、野菜のソテー。冒険者らしく、皿に分けたりはしない。

リリスがフォークをサナトに渡して、にこにこ微笑む。

「どうぞ。召し上がってください」

「助かる。……リリス、何かあったのか？　いやに機嫌《きげん》がいいみたいだが」

「そ、そうですか？　よく眠れたからだと思います」

「ルーティアもなぜそんなに嬉しそうなんだ？」

「さぁ、なんでだろうね」

二人の様子に違和感を覚えたが、理由は分からない。サナトは「まあいいか」と棚上げして、肉にフォークを突き刺した。

良い香りに誘い出された食欲が我慢の限界を告げていた。

遅れて、二人の少女も同じく思い思いの食べ物に手を伸ばす。ルーティアの「おいしい！」の一言にサナトとリリスが頬を緩めた。

自然と会話が弾み、朝食は瞬く間に無くなった。

迷宮四十七階層で迎えた朝は、日常そのものだった。

＊＊＊

ルーティアがサナトの中に戻り、さらに下層を目指した。

風景は一段と殺風景になり、もはや迷宮でもダンジョンでもない、ただの廊下《ろうか》のようだ。

「特に変わった仕掛けも無さそうだな」

『敵のレベルは46になったけどね』

四十九階層に入って、敵のレベルがまた上がった。

人類最高と呼ばれる冒険者がレベル40程度の世界からすると、ここの敵は異常に強い。集団で襲われればひとたまりもない。

さらに、モンスターは同レベルで人間のステータスを上回ることも相まって、本当ならば地獄《じごく》のような場所である。

しかし――

「おっ、もう階段か」

「あっという間でしたね」

二人は何でもないように表情を和らげる。

レベル46の敵は、もはや物の数に入らない。

五十階層のボスの前の部屋はだだっぴろい空間だった。円形のその場所は直径五十メートルほど。

移動魔法用の目印の金属棒はおろか、足跡すら一つもない。人間が訪れた形跡はまったくない。

「……まるで計っていたかのような正確さだな。バールが来たぞ」

空間に入ってすぐだった。《神格眼》が兆候を捉えた。

黒いゲートが広がり、流れるようにバールが姿を見せた。わずか一日足らずのはずなのに、随分と離れていた気がした。

「お久しぶりです。我が主よ」

「探し物は見つかったのか？」

身なりが完璧なバールは、「ここに」と、左手の拳を突き出した。中に何かを閉じ込めているらしい。

リリスが興味深そうに覗き込んだ。

そして、中を見て首を傾げた。

「……アリ、ですか？」

「ええ。アリです。魔界原産の希少な種族です。臆病《おくびょう》なうえに数が減ってしまっておりまして。少々探すのに苦労しました」

バールが大げさに肩をすくめ、改めて親指ほどの真っ赤なアリをサナトに差し出した。

第七話　どうしても必要なスキル

「あっ、サナト様、先に《悪魔召喚》を使用していただけますか？」

「ん？　……《悪魔召喚》、これでいいのか？」

「はい。ありがとうございます」

「それにしても、宝石みたいなアリだな」

「まさにその通りです。上手に切り取ると純度の高い魔石となります」

バールの《捕縛術》によって身動きを封じられたアリの腹は艶々と輝いている。限られた光源の中で存在を主張する腹部は、きっと価値のあるものだろう。

「まさか魔石をプレゼントしたい、なんてことはないんだろ？」

「もちろんです。お気づきとは思いますが、このアリの――」

「スキルだな」

「ええ。サナト様に、とても相応《ふさわ》しいスキルかと」

ジュエルアント
レベル18　魔虫族
《ステータス》
HP：125　MP：63
力：63　防御：51　素早さ：66　魔攻：44　魔防：31
弱点：火
耐性：地
《スキル》
地魔法：初級

隠遁術：初級
防御・魔防＋20

「この《防御・魔防＋20》か。《解析》を含めての利用を考えれば……」

「そういうことです。サナト様は、魔法や直接攻撃を遮断する盾を使えますが、攻撃と判定されなかった場合には役に立ちません。ウェリネに肩を掴まれたことを覚えておられるでしょう」

「あれは初めての体験だった。上位者は握力だけでも脅威《きょうい》だと思い知った」

「私との戦いでもそうです。サナト様の眼がなんらかの拍子に機能しなかった場合に、盾が間に合わない可能性があります。そうなれば……」

「防御がレベル8のままの俺は即死する」

「誠に残念ながら、現状では手立てがありません。しかしながら、スキルが上限に近づいておりますので、《複写》の無駄撃ちは避けたいところです」

「そこで、このアリか」

「一つのスキル枠で、ステータス二つに補正がかかる。これ以上のものはないかと」

バールの説明に、サナトは深々と頷いた。

欲を言えば、《力・魔攻》に補正がかかるようなスキルも欲しいが、死ねばすべてが終わる。

回避タイプを目指して《素早さ》を極限まで上げる方法もあるが、今のステータスでは敵の技がかするだけでも致命傷だ。

だからこそ、優先するのは防御なのだろう。

桁違いの魔法、盾と状態異常攻撃持ちのサナトには、大砲の役割が向いているのだ。

「あとはルーティア殿の《解析》で、どこまで数値を上げられるかにかかっております。付け加えますと、私の実験結果によれば一つのステータスが上がると、他のステータスも影響を受けて上昇するようです」

「《防御》を上げれば《力》も上がると？」

「目には見えない、基礎ステータスのようなものがあるのでしょう。おそらく、それが上昇します」

「……バール、何かとありがたい話だが、なぜそこまでする。悪魔とはそんなに殊勝《しゅしょう》な行いをする種族じゃないだろ」

「ご不快でしょうか？」

「いいや。ただ気になるだけだ。対価の無い施しは恐ろしいからな」

バールが「《源泉》のことですね」と、肩をすくめた。

「いずれサナト様に必要になると思われるからです」

「答えになっていないぞ」

「では、悪魔のたくらみとでもお考えください」

優雅に頭を下げたバールにサナトが苦笑する。どうやっても本当のことを話すつもりはないらしい。

何かの反動があるかもしれないし、何かをさせようとしているかもしれない。

だが無理に聞いても、契約内容を盾に口は割らないだろう。

「分かった……ではさっさと《複写》してしまうか」

身動きできないジュエルアントの背中に、サナトが指を伸ばした。長めに三秒数えてから、再び指を乗せた。

天の声が鳴り響く。

――《解析》が完了しました。《複写》を行いますか？ YES or NO？

「YES」

自分とルーティアのみが見える情報画面で、《防御・魔防＋10》を選択した。ちなみにこの数値は、ジュエルアントのスキル《防御・魔防＋20》の初期値である。

スキル欄を見れば、確かに項目が増えていた。

「よし。じゃあルーティア、スキルの《解析》を頼む。上げられるところまで上げてくれ」

『了解！ ってマスター、このスキルって《源泉》が無いんだね。なんでだろ』

「さぁ、よく分からんが、悪魔と無縁のスキルってことじゃないのか」

『うーん……』

「まあ、それは置いといて、先に進もう。どの程度まで上がりそうだ？」

『ちょっと待ってよ……』

ルーティアが珍しく言い淀んだ。

ダメージ量すら計算できる彼女が答えに迷っている。

嫌な予感を覚えながらも、サナトはじっと待った。

隣でリリスも、固唾《かたず》を呑む様子で手を合わせている。

『あっ、出た』

「どのくらいだ？」

『３２７６７だね』

「……は？　なんだその半端な数字は」

『私もよく分かんないけど、そこまでなら上げられるっぽい』

あんぐりと口を開けた。予想以上の数値だ。

９９９といった見慣れた数字が出たらいいなと思っていたサナトは、想像を超えた上昇値に思わずうなる。

「ちなみに、それより上げようとするとどうなるんだ？」

『何度やってもその数値に戻っちゃう』

考え込むサナトをよそに、バールが拍手をした。

乾いた音が高らかに鳴り響く。金色の虹彩をこれでもかと広げ、喜びを露わにした。

「素晴らしい！　第一級悪魔の数値すら超えている。今日この日、最強の男が迷宮最深部に生まれたわけですね！」

「いやいや、ちょっと待て。バールの《防御》ですら１５００に届かないんだぞ。３万超えの《防御》はまずいだろ」

『大丈夫でしょ。だって《解析》しちゃうと普通の人には見えないもん』

「まあ、それはそうなんだが」

「ご主人様、すごいですよ！　魔法だけじゃなくて、超人的な力まで手に入れられたなんて！」

「待て待て、リリス。超人というか……人の範囲を超えすぎだ。そんなに急に変化させられたら俺が戸惑う」

突然のステータスの上昇を戸惑うサナトをよそに、三人の従者は互いに盛り上がった。

特にバールとルーティアは、最高硬度の男とか、アダマンタイトサナトとか、聞くに堪えない通り名を口にしていた。

断固として拒絶したい流れだ。

「俺は別に、魔法と同じ３０００でも十分過ぎると思うんだが……」

ぼそりとつぶやいた言葉を聞きつけ、リリスが隣にやってきた。

とても嬉しそうだ。

「ご主人様がお強いというのは知っていますけど、いざという時のためですから、上げられるところまで上げておいた方がいいと思いますよ」
リリスにも思うところがあるのだろう。珍しく勧めるような口調だ。
サナトは小さくため息をついた。

＊＊＊

防御・魔防＋10
《種類》　ステータス補正
《正負》　正
《数値》　３２７６７
《間隔》　常時
《対象》　本人
《その他》　なし

スキルの名称はそのままに、中身はとんでもない数値になっている。
だが《解析》による効果は、スキルカードには映らない。
外から見れば、ただの微量補正といったところだ。なんら不自然な点はない。

「特に変わった感覚はないな」

サナトは拳を握りなおしたり、その場で腕を回したりしたが、違和感はない。

興味深そうに見ていたリリスに、すっと手を伸ばした。

「悪いが、バルディッシュを貸してくれるか？」

「あっ、はい」

リリスが両手で持って差し出した。

何かが分かるのだろうか、と顔に疑問符が浮かんでいる。

自分に向けられた武器をサナトはじっと見つめ、両手を伸ばした。

もちろん重量に耐えられるよう全身に力は込めている。

が――

「軽い」

受け取ったサナトは驚愕した。

あまりに軽過ぎる。元のバルディッシュとは違うものではないかと疑ってしまう。体が明らかに変わっている証拠だった。

急激な変化に内心でぞっとする。

試しに、足元に転がる拳大の石を持ち上げて握った。

石はあっさりと形を無くした。手のひらを広げると、ぱらぱらと破片が音を立てて落ちた。

「これ、やりすぎだろ」

呆れ声が漏れた。

日常生活に支障は無さそうだが、力を込めた時の最大値が高すぎた。

アクセルを目いっぱい踏んだ瞬間に、トップスピードに到達するようなものだ。

「サナト様、あれがここのボスのようです。レベル46のアーマードナイトですね」

あれこれ考えていたサナトに、のんびりした口調でバールが言った。

五十階層のボス部屋だ。

巨大な銀色の扉をくぐり抜けると、コロッセオがあった。広大な敷地に建つ建築物は壮大だ。

古い時代に作られたと思《おぼ》しき石造り。戦いの場を囲む高い壁。観客用の石段が上にぐるりと張り巡らされている。

そして、普通のコロッセオとは異なる――たった一つの入場者用の入り口。

『あれ……奥に階段が無い』

「本当だ。いつもならボス部屋の出口があるのに。ここが最終階層ってことか」

「えっ、じゃあ私達、いつの間にか踏破しちゃったってことですか」

「そうなるな。目の前にいる巨大鎧を倒せば終わりのはずだ。で、誰が戦う？」

「では、私が」

バールが前に出た。気負いのない自然体だ。

自分の数倍の背丈のアーマードナイトを頭から足まで舐めるように見やり、「ふむ」としたり顔でうなずく。

「幸い《再生》があるようなので、サナト様に一つ手ほどきをいたしましょう。《時空魔法》の使い方です」

「あれを攻撃に使うのか？」

「相手を苦しめるという点は同じですね」

巨大な兜《かぶと》のスリットから覗く暗い空間に、赤い光が灯った。ゆらゆらと蠢く灯火は、己の前に立つ三名を一瞥した。

膝立ち状態だった鎧が重厚な音を響かせながら動き出した。

真横に突き立てていた剣を力任せに引き抜き、砂塵を巻き上げながら、力を見せつけるかのごとく一振りした。

とてつもない風切り音が耳に届く。しかし、三人はどこ吹く風だ。

「寝ころべそうなほどの幅の剣だな。よく自分が振り回されないものだ」

「力任せに振り回すタイプでしょう。《魔法緩和》系のスキルも備えておりますし、最後は重量押しといったところでしょうか。まるで芸がない」

バールが視線をアーマードナイトの足元に向け、指を差す。

すると、巨大な鎧が右足を何かに取られた。がくんと体勢を崩しかけたが、鈍重な巨体を左足で支えた。

しかし、引き揚げようとする足は動かない。

底なし沼のような穴――《ゲート》だ。

「……足を固定したのか？」

「《ゲート》に吸引力を持たせたのです。《時空魔法》は元々自由に移動するための魔法ですが、地面の中に出入り口を設けてやると、それ以上先には進めません。理論的には、魔法の吸引力以上の力が無ければ這い出せないことになります。次に――」

嗤《わら》う悪魔はアーマードナイトの頭上に巨大な《ゲート》を開いた。

胴体そのものを吸い込めそうなほど大きい。不規則な渦を巻く《ゲート》はゆっくりと敵を包み込むように舞い降り、頭部が空間に呑まれていく。

「上からの《ゲート》を、上半身にかぶせてやります」

「何がやりたいのかは、だいたい分かった」

アーマードナイトは、上半身にかかる強制的な吸引力に巨体をふわりと持ち上げられる格好となった。

鎧がきしみ、上半身が見えなくなっていく。空間に呑まれ始めた鎧が空いた手をばたつかせているがもう遅い。

別の空間に引っ張られているのだろう。

「さあ、どこがちぎれるのか。膝か、腰か、首か。くくく」

「楽しそうだな」

「否定はいたしません。少々いらだっておりましたので鬱憤《うっぷん》を晴らしておかねば」

バールは伸ばした指先の数を一本増やした。

金属が無理やり引き延ばされる音が静かに響き——とうとう、一際大きな音を立てて、腰の部分が引きちぎられた。

こと切れた下半身が意志を失い、どうっと前に倒れた。

「案外、早かったですね。もう少し耐えて欲しかったところですが。とまあ、これが《時空魔法》の有益な使い方です」

「さっさと吹っ飛ばした方が早いと思うぞ。そういう余裕が——んっ？」

敵に足をすくわれることになるんだ、と小言を言おうとしたサナトの《神格眼》が、空中に開き続けている《ゲート》から出てきた物——落ちてきた者を捉えた。

背中から激しく落下し、肺から漏れたような呼吸がコロッセオに短く響く。

予想外の出来事に、全員が首を傾げた。

「いったっ……」

迷宮五十階層最深部。

倒れた下半身のみとなったアーマードナイトの真横に、痛みに顔をしかめる少女が現れた。

第八話　救援要請

一言で言えばきつそうな美人だった。

立ち居振る舞いの優雅さ、新雪を思わせる白い肌。丸みを帯びた女性らしい体型。

翡翠《ひすい》のような深い緑色の瞳が、焦りと不安からか激しく揺らいでいる。

慌てて立ち上がり周囲を確認する。ウェーブのかかった絹糸のような金髪が何度も流れた。

「……誰だ？」

「……見たことはありませんね」

「普通の女の子みたいですけど」

唖然と眺める三人をよそに、金髪の少女は腰に差したレイピアを抜き放った。

曇りのない細い刀身の切っ先が横たわったアーマードナイトの下半身を警戒し、動かないことを確認してから、サナト達に向けられる。

凛《りん》とした声が響いた。

「ここはどこ？　まさかこの敵の知り合い？」

吊り上がった瞳には警戒心がありありと浮かんでいる。

「答えなさい」

着ているものは簡素な片胸鎧だ。

胸には盾の上に左上からレイピアを交差させた紋章。

どことなく学校の制服を思い出させる上下の服は、白基調の下地に黄色の模様。

すらりと伸びた太ももには、膝丈を超えた白いソックスのようなものが目立つ。

サナトは《神格眼》で眺めつつ目を細めた。

「どこかの学生ってところか？」

「私が質問しているの。まず答えて。あんた達はこの鎧のモンスターと知り合い？」

「違うな。俺達はさっきまでそいつと戦っていた。半身は殺した」

「半身？　……あんたがリーダーってことね。ここはどこなの？」

少女が強気を崩さずレイピアを構えて一歩近づく。

サナトは眉をひそめる。

「初対面の人間に聞くならせめて剣を下ろした方がいいと思うが。……ん？　だが待てよ……バール、それはどこに繋げていた？」

空中に浮かぶ黒々とした《ゲート》を指さした。

思わぬ事態に混乱したが、少女が迷宮の最深部に現れる可能性など二つほどしかない。

一つ目は、アーマードナイトの中に捕らえられていた、もしくはアーマードナイトの正体がこの少女であること。

二つ目は、《ゲート》をつなげた先が人里であり、誤って通ってしまった可能性だ。

サナトは嫌な予感を抑えつけ、隣に立つ悪魔を睨む。

「デポン山のふもとですね。人の入らない魔物の巣窟のはずです」

「デポン山？　どこだそれは。そんな場所で何を」

聞いたことのない山の名前だ。

大きさ、位置、環境。その場が、果たして人の生活エリアかどうかも分からない。

サナトには知識がほとんどない。仕事をこなして生きるだけだった人間が得られる情報は知れている。

すると、補足するように少女が言った。焦りを押し殺すような早口だ。

「デポン山を知らないの？　ティンバー学園の実習地よ」

「学園？　実習地？　よく分からんが、そこで一人でキャンプでもしていたのか？」

「一人じゃないわ。選抜生徒全員よ。順調だった。ついさっき、そこに転がってる鎧モンスターが出てくるまではね」

吐き捨てるような言葉に、思わず天を仰いだ。

状況がつかめた。予想通りだ。

バールが《ゲート》を繋げた先に、偶然どこかの学校の生徒が実習に来ていた。そして目の前の少女は、突然現れたアーマードナイトの上半身に慌てふためいたのだろう。

(迷宮最深部のボスが地上に現れればびっくりするのは当然だ。学生が歯が立つ相手じゃない。飛ばす場所くらい確認しろよな)

サナトはため息と共に悪魔に問う。

「デポン山のふもとの情報は何年前のものだ？」

「二十年ほど前といったところでしょうか」

「二十年……分かった。つまりこっちの落ち度だな。仕方ない」

サナトは少女に視線を向けた。バールの《時空魔法》の手ほどきを止めなかったことが、すべての原因だった。

すぐに敵を始末しようと心に決めたサナトに、そうとは知らない少女がくやしそうに言う。小さく握りこまれた拳が震える。

「剣技も魔法も、何も通用しなかった」

力不足を嘆く声が響いた。さらに思い出すように続ける。

「斬れない、刺さらない。技は弾き返される。魔法も効果がない。……化け物だったわ。どうしろって言うのよ」

やりきれない思いを吐露する少女の言葉は止まらない。

サナトは罪悪感を抱きつつ、口を挟む。

「あー……なんだ、とりあえずその鎧モンスターは何とかしてみよう」

「えっ……ほんとにっ⁉　力を貸してくれるの⁉」

驚きに目を見開く少女に、サナトは内心で冷や汗を流しながらうなずく。

「でも……できるの？　あんなに危険なやつは初めて見たわ。はっきり言って軍でも呼ばないと無理だと思う」

「ま……まあ、何事も挑戦だ。どんな敵にも弱点はある」

「そう、なんだ。でも危険よ？」

「危険の無い戦いなどない。さあ、気が変わらないうちにさっさと行くぞ。お友達が危険な目に遭っているんだろ」

「……うん。あの、ありがと……名前聞いてもいい？」

少女の瞳が揺れた。

「サナトだ」

「サナト、ね。私はモニカ。あっ、そういえばここってどこなの？　森じゃない……地下洞窟かなにか？　私、そういえば鎧モンスターに近づいたときに落ちたんだよね」

心に余裕が生まれたのか、思い出したようにあたりを見回す。

隣に転がるアーマードナイトの下半身を一瞥し、コロッセオを目の当たりにして声をあげかけ――

時間が停止した。

黒一色に塗りつぶされた空間の中、彫像のように動かなくなったモニカは感嘆の表情をしていた。

バールが不満そうに言った。

「サナト様、こんな人間を助けに行く必要などありませんよ。迷宮内のモンスターは外に放り出されれば勝手に死にます」

「勝手に死ぬまでの時間は？　《再生》スキル持ちだとどれくらいだ？」

「多少消滅に抗うでしょうが、それでも数十分もあれば」

「このレベルの学生が、数十分もアーマードナイトと戦えると思うのか？　あの分厚い剣を振り回されただけで大量死だ」

「弱い者は死ぬしかありません」

さも当然だと言わんばかりの一言に、サナトは大きくため息をついた。

言い含めるように言う。

「正論だが、今回は明らかにこっちのミスだ」

強い口調で言い切り、目で咎《とが》めると、バールは不承不承《ふしょうぶしょう》うなずいた。

気を取り直すようにモニカを一瞥し、《ゲート》の位置を確認する。

「仕方ありませんね。《時間停止》はなぜご使用に？」

「仕方ないって完全に他人事だな。ここは迷宮最深部だ。モニカに知られる可能性は排除しておきたい。もしも迷宮最深部がどこも同じ造りなら、この建物がある時点で俺達が最深部にいたことがばれる」

「殺して口封じを――」

「却下だ」

「ならば口止めしかありませんが……《精神操作》でサナト様に入れ込ませて、口止めするというのは？　人間という種族は、愛する者の言葉は素直に聞くとか。初対面の人間など信用できないでしょう」

「それは悪くない案だが……」

「ダメだと思います」

「……え？」

時間が停止した世界。

背後から聞こえた少女の声に、サナトはぎこちなく首を回した。

小さく頬を膨らませた拗ねた顔のリリスがじっと見つめていた。整った柳眉《りゅうび》が八の字に曲げられている。

「リ、リリス……動けた、のか？　《時間停止》が効いていない？　いつからだ？」

「最初からです」

「リリス殿はサナト様のパーティですから、効かなくても不思議ではありませんよ」

「そ、そうか……効かないのはバールだけだと思っていたが……」

引きつった笑みを浮かべるサナトに、リリスがすっと寄り添う。薄紫色の瞳が不安そうに揺れている。

「モニカさんを惚れさせせるのですか？」

「いや、そういうのは……良くない……と思う。勝手に気持ちを捻《ね》じ曲げるのはな」

「先ほど、悪い案ではないと」

「悪くはないが、俺は好まない……と言いたかったのだ」

腕組みをして難しい表情を作るサナトの言葉に、リリスの表情がぱっと明るくなった。

「そうですよね！」

「ああ。もちろんだ」

はっきりと告げ、瞳を輝かせたリリスの頭を撫《な》でた。フローラルな香りがふわりと鼻腔をくすぐる。

「ということで……一緒に行くか」

「はいっ！」

「……サナト様、私はどのように？」

「バールはそこの下半身に止《とど》めを刺しておいてくれ。形が残ってる以上はまだ生きているだろ。実験がいるなら適当に遊んでやれ」

「承知しました。《ゲート》は？」

「俺達が通ったら一度閉じてくれ。《時空魔法》で戻ってくる」

バールに見送られ、サナトはモニカを脇に抱きかかえた。

そして、空中に広がる黒い渦の中にその身を飛び込ませた。

第九話　早く行け

《ゲート》をくぐると、深い緑の香りが鼻をついた。

手をかざして見上げれば、雲一つない空。降り注ぐ陽光も久しぶりだ。

だが、状況は一見して散々だ。アーマードナイトが巨大な剣を振りぬいたのか、さまざまな大木がごろごろと転がり、時折、生徒達の悲鳴が木霊《こだま》していた。

「思ったよりは再生してないな」

アーマードナイトは《再生》スキルを有しているが、足の再生が終わっていないため、ほとんど動いていないようだ。

体の一部をぼろぼろ崩しながら、下半身の再生を試みている。消滅の力とせめぎ合っているようだ。

地面には深く抉《えぐ》れた跡。体を引きずりながら逃げる人間を追って移動しているのだろう。

「地下にこんな建物って――え？」

《時間停止》が解除され、時を歩み始めたモニカが見当違いの方向を見回し——我に返った。

瞳を瞬かせて困惑した表情だ。

サナトは横目で確認しながら、どこ吹く風で話を進める。

「モニカ、いつまでも呆《ほう》けてないで、生徒を集めてくれ。あのアーマードナイトは俺が引き受ける」

「えっ……えっ、いつここに戻ってきたの？」

「いつ？　お前はずっとここにいたぞ。夢でも見てたんじゃないのか。さあ急げ。お友達がまずい状況だ。リリスっ！」

「行きますっ！」

リリスが素早く飛び出した。目標はアーマードナイトの目の前だ。

男子生徒が腰を抜かしていた。じりじりと大岩のような鎧が這って近づく状況に、表情を歪めている。

目の前で大きな石剣が持ち上がり、躊躇《ちゅうちょ》なく振り下ろされた。

そこにリリスが滑《すべ》り込む。

両足を踏ん張り、振り下ろされた巨大な大剣をバルディッシュで受け止め、それ以上の力で弾き返した。

金属音が反響し、アーマードナイトが後ろに轟音を立てて倒れた。

「いまだっ！　カールを助けろ！」

森の中に他の生徒の声が響く。隙をついて、数人の集団が姿を見せた。

呪文を紡《つむ》ぐ声が聞こえる。森に姿を隠して、チャンスを狙っていたのだろう。

魔法はどれも中級だ。火、水、土、風。様々な属性の魔法が音を立ててアーマードナイトに襲い掛かった。

しかし、すべては銀色に輝く鎧に当たると同時に消滅する。

血気盛んな生徒の声が消沈し、重い沈黙が広がった。

「う、嘘だ。この敵は……一体……」

瞠目《どうもく》する生徒達が、言葉を失い呆然《ぼうぜん》と敵を見上げる。

――ウウウウウッ。

低いうなり声だ。わずらわしいとばかりに、頭部に光る紅点がぎょろりと動く。

目の前の敵は数に入らないのだろう。

アーマードナイトの《魔防》は高くない。レベル46ですら160を超えるほどだ。対して防御は250を優に超えている。

剣や槍での直接攻撃に比べれば、魔法による攻撃は実は有効だ。

しかし、そこに《魔法耐性》が加わると話が変わる。魔法ダメージを減少させるスキルのせいで、弱い魔法は直接攻撃以上に効果が薄いのだ。

(この状況で生徒が手を抜くとは考えにくい。物理も魔法も手詰まりだな)

サナトが考えているうちに、背中に男子生徒をおぶったリリスが戻ってきた。この場で最も《素早さ》の値が高い魔人にとっては造作もないことだろう。

背負われた生徒がリリスのステータスを知れば、仰天していたに違いない。

「ご主人様、どうやら逃げている人はあちら側に集まっているようです」

リリスがアーマードナイトの奥を指さした。じりじりと後退する生徒達の後方だ。

「そうか。となると一人はぐれたやつが襲われていたわけか。モニカ、こいつを背負って迂回してみんなの方向に逃げろ。できるな」

「ちょっと待って、一緒に戦うんじゃないの？　あんなの誰かが倒さないと街に出たらまずいわ。放っとくわけにいかない」

「分かっているが、あの敵にはお前の攻撃は効かない。それに、こいつはとても戦える状況じゃない。守り手が必要だ」

息一つ切らさないリリスに下ろされて、男子生徒がぺたんと腰をつく。

血の気の無い青白い顔と恐怖を目の当たりにした怯えた表情。膝には小さな傷。唇から頬にかけて大きな青あざもある。

そして何より、自分一人で立ち上がることができなかった。

すがるような瞳がサナト達に向いた。モニカの瞳が、それを見てすっと細まった。

「一人は危険だわ。私達も協力すれば……」

「お友達の魔法を見ていなかったのか？　あいつに効いてないだろ。見てみろ、もうすぐ膝まで再生するぞ。それに、リリスは一人であいつの剣を弾けるほどに強い。俺達は二人で十分だ」

「足手まといって言いたいんでしょ。分かるわ。でも、私は……学校じゃ首席なの。みんなを引っ張る義務があるわ」

「なら首席らしく、全員を引っ張って逃げろ。モニカの今の役割はお友達を守ることだ。ここに戦える人間がいる。別に生徒が無理して戦う必要はない」

「……サナトって高位の冒険者かなにか？」

「答える必要はないな。大事なのは――」

サナトは背後で再生を続けるアーマードナイトに向けて、親指を差した。

「あいつを殺せる力があるかどうかだ」

モニカがぐっと唇をかみしめた。緑の瞳は揺れていた。

戦うべきという気持ちと引くべきという気持ちが、真っ向から対立するかのような不安定な動きだ。自問自答しているようにも見える。

サナトはモニカが何に意地になっているのか見当がつかなかった。

生きるか死ぬかの瀬戸際で首席は関係ないと思うが、彼女には譲れない何かがあるらしい。

「時間切れだ。話は以上だ。ぐずぐずしているとすべての再生が終わる。まずは俺達が時間を稼ぐ。その間に彼を連れて逃げろ。行け」

「待って。あとで、サナトも合流するんだよね？　私、まだ聞きたいことが色々あるんだけど」

「生きていたら、な」

「なによそれ。自信あるんでしょ？」

「ああ……分かった、分かった」

モニカがようやく背を向けた。納得していないようにも見える。

頭一つ背の低い背中を、サナトはそっと押し出す。

少しの抵抗の後、少女は一歩踏み出した。

「絶対だよ」

そう言い残したモニカは腰の抜けた生徒を無言で背負い、迂回ルートに向けて走り出した。首席と言うだけはある。体力の心配は必要なさそうだ。

野外活動をしていたのなら、道に迷うこともないだろう。

無言で眺めていたサナトが、ほっと息をついた。

リリスがくすくすと笑う。

「ご主人様はモニカさんに厳しいんですね」

「どうやって接したらいいのかよく分からなくてな。あの年齢は何を考えているのか分からん。色々と聞かれる前にさっさと離れた方が良さそうだ」

サナトが頬をかきながら苦笑いした。

「聞きたいことってなんでしょうね」

「さあな。迷宮のこと、リリスの強さのこと、アーマードナイトと戦っている理由、とかかな」

「そういえば、まさか迷宮の遺跡をモニカさんの『気のせい』で押し通すとは思ってもみませんでした」

「まあ……あれはな……」

バツの悪そうな顔で笑うサナトにルーティアも口を出した。

『さすがにあれは無理あるでしょ。絶対信じてないって』

「だが、うまい説明などできそうにない。ここに地下洞窟なんてなさそうだし、悪魔が《ゲート》を使ったらモニカが落ちてきました、なんて誰が信じる」

『でも、後で合流したら絶対に聞かれるよ。あの子ばっちり見ちゃってるもん。追及厳しそうだし』

「ルーティア、何を言っているんだ」

『え？』

サナトは肩をすくめた。

「合流して窮地に陥るなら追いかけなければいいだけだ。モニカに約束したのは敵を倒すまでだったはず。さあ、さっさと始末して最終階層に戻るぞ」

＊＊＊

「さあ、では、敵が消滅する前にやるか」

「ご主人様、こちらは準備できました」

仮にアーマードナイトが万全の状態だったとしても二人の敵ではない。

だが、サナトは一つの実験のために、迷宮外に弾き出されたボスを使うつもりだった。

「モニカ達は……順調に動いているな」

森の奥に目をこらせば、多数の生徒の名前が遠ざかっていくのが見えた。《神格眼》には障害物は意味を成さない。

気を取り直して眼前の敵に声を張り上げる。

「ここに敵がいるぞ！」

銀鎧の頭部。スリットから覗く暗い空間に、弱々しい紅点が浮かび上がった。意識すら混濁寸前なのかもしれない。

己より遥かに小さいサナトとリリスを見つめ、思い出したように体を動かそうと身じろぎをした。

しかし、再生しきらない足は前に出ない。

代わりに腕が上がった。馬の胴体のような太い腕だ。鎧がきしむ音とともに、巨大な石剣がゆっくりと上がる。

サナトとリリスの上に剣の影が落ちた。すさまじい幅の広さだ。

――ウウッ！

刃の向きも分からないようだ。

平たい重量物を、ただ振り下ろしたような軌道。

リリスがバルディッシュをさっと構え――サナトが片手で止めた。

と同時に、逃げ場を無くした風圧が倒れた木々の葉を揺さぶった。

リリスの表情が緩んだ。

「良かったです。私の助けは必要なかったですね」

「わざわざ待機してもらって悪かったな。思った以上に軽い。さすがに防御3万超えか。笑えるほどの変化だ。自分がこんなものを受け止められる日が来るとは思ってもみなかった」

スキルの改変によって、サナトの防御と魔防は両方が3万を超えている。対するアーマードナイトの攻撃力は３４０。どう逆立ちしても逆転できないステータスの差だ。

「さらに、行くぞ」

サナトは剣を受け止めた逆の手で魔法を使用する。使い慣れた《ファイヤーボール》だ。ローブ横にだらりと下ろした手のひらの中に火種が生まれた。

だが何かが違う。形だ。色も違う。

一瞬にして拳にまとわりつくように燃え上がった炎は、長く細く、鋭利に研ぎ澄まされていく。

刀身が身の丈ほどもある長大な白炎の刃。

サナトが振りぬいた。ジッ、と何かを灰にしたような音が立つ。

「使えそうだな」

アーマードナイトの拳と石剣が揃って落ちてきた。

轟音と振動を響かせたそれを見て、二人は嬉しそうに顔を合わせた。

「それが《ファイヤーボール》を刃にしたものですか？」

「形状と温度を変えて、手に留めているだけなんだが、切れ味がすごいな。《白炎刀》、とでもしとくか」

「ご主人様の技がどんどん増えていきますね」

「防御力が上がったから、近接攻撃用の技が欲しいと思ったんだが……実験はうまくいった。こいつの鎧を切り飛ばせるなら十分だろ」

サナトは手のひらから伸びる長大な刃を、さらに二度、目の前の敵に軽く振った。感じるのは、バターに刃を通すかのようなわずかな抵抗だ。

腰の部分を斜め上から、そして真横に。

線でも引くような白い軌跡が描かれる。切断された鎧がバラバラと崩れ、前のめりに倒れた。頭部の赤い光が一段と鈍くなり、弱弱しく明滅を繰り返した。

「使い所はよくよく注意がいるけどな。間違って振り回せば大惨事だ」

サナトはにこりと微笑んだ。

再び手のひらに炎を纏わせ、魔法を放った。

第十話　原点はここに

迷宮五十階層。静謐《せいひつ》な空間に、ぐにゃりと暗い歪みが生じた。

黒い渦が二人の人物を吐き出す。ローブを纏うサナトと白基調の鎧に身を包んだリリスだ。

この場を離れた時と何ら変わらない姿で、傷は皆無。

バールが三日月形に口を曲げ、頭を下げた。

「お帰りなさいませ。意外と時間をかけられたようですね」

「殺すのは一瞬だった。モニカを引き離すのに時間がかかっただけだ。ところで、片割れの体は始末したのか？」

「当然です。こちらがアーマードナイトのドロップアイテムです」

バールが恭《うやうや》しく差し出した。

それは純白の宝石が胸にあしらわれた白い鎧だった。他に特徴と呼べる部分が無い、至ってシンプルなものだ。

「鎧と、クレイモアか。大きいな……」

武器は大剣だった。

持ち手には金の装飾。柄は大きく、刃は幅広い。

戦場用に作り上げられた重量のある刀剣だ。受け流しを許さず一方的な蹂躙《じゅうりん》を可能とする剣だ。

しかし、その分絶大な筋力を要する。

半端な剣士が持てば、振り回されたあげくに敵に隙を突かれて死ぬ未来しかない。

サナトはまじまじと剣を眺め、驚きの声をあげた。

「武器の情報が見えるようになっている」

「武器の情報……ですか？」

首を傾げるリリスを他所に、サナトは《神格眼》に映る情報に目を奪われた。

今までまったく見えなかったはずだ。

フラガラッハ
《素材》　アダマンタイト
《源泉》　？？？
《正負》　正
《耐久値》　３０００
《補正値》　力＋１２０

《その他》 自己修復、武器破壊、火耐性、毒回復

「ルーティア。普通の冒険者の力ってどのくらいだったか、覚えているか?」

『今まで会った人達だと、110から130の間くらいじゃない?』

「……だよな。素材もアダマンタイトみたいだし、破格の武器ってことか。余計な《源泉》がついてなければ、だが」

「《源泉》ですか? となると、魔界の工匠が作った魂捕獲用の武器ですね」

バールが数歩近づいて、興味深そうにフラガラッハを眺める。

「武器を担当する悪魔は数少ないはずですが、修復機能を持っているのではないですか?」

「お前、見えないのか?」

サナトの胡散臭《うさんくさ》いものを見るような瞳が向いた。

「私には武器の情報は見えません。で、どうでしょう?」

「ついてるぞ。これが《源泉》につながる部分か?」

「そうです。大抵がMPを利用して武器を自己修復する仕組みを付与します。もしも他にスキルがあれば発動させるたびにMPが吸い取られます」

「……急に厄介な剣に見えてきた」

「ですがご主人様、他のスキルも発動させなければ大丈夫じゃないでしょうか?」

「まあ、それができるならそうだな。リリス、悪いがこの石を切ってみてくれるか？」

腰をかがめて転がっている石を掴み取った。

細かい輝石が随所に混じりあう変わった石だ。大きさの割に重量を感じた。

フラガラッハと共にリリスに渡す。

「私が使ってしまっていいのですか？」

「使いたければ構わないが、たぶんバルディッシュより相当弱いぞ。今は単に実験だ」

「そういうことなら……」

一つ頷いたリリスが巨大な刀身のクレイモアを構えた。

片手一本だ。小柄な体のどこにこんな並外れた力があるのか。

もう片方の手で軽く石を宙に放り上げる。そして、落下する塊に向けて刃を振り下ろした。

見事に真っ二つになった石が地面に転がり落ちた。

サナトが微笑み拍手を鳴らす。

「さすがだな」

「いえ、この程度のことは……」

リリスが気恥ずかし気に目を伏せた。

「いずれ俺にも剣術を教えてくれ」

「えぇっ……ご、ご主人様に私が教えられるようなことは……」

「いや、俺の剣術など足元にも及ばんさ。振り回しているだけだ。リリスは俺を過大評価しすぎだ」

そんなことはありません、と口にしたリリスに苦笑いし、サナトはフラガラッハを受け取る。目を凝らすと、《耐久値》に変動があった。

（２９９９……やはり使用可能回数か。となると――使えんな）

サナトは自嘲《じちょう》する。

自分の性格上、アイテムや回数制限のある武器を積極的に使うことはない。いつか使えるかも、もっと有効に使える時にと悩んだあげく、結局使わずじまいであることは多い。

アイテムボックスに放り込んだ際、ゴロゴロと溢れかえってきた魔石の一部が足元に転がった。反射的に拾い上げようとして、まあいいかと思い直す。すでに自分とリリスのボックスには山ほどの魔石が格納されている。

換価《かんか》すれば、国が傾くくらいの金額になるのではと心配になるほどに。

そして、ようやく思い出したように周囲を一瞥する。

あるはずのものが無かったのだ。

「そういえば、ここってコロッセオがあった場所だよな？」

「それですが……下半身を始末したところ、突然崩れ去りました」

「え？　そうなのか？」

何百年もの間存在したと思しき遺物は、瞬く間に消滅したという。

一変して、殺風景な見た目になった場。

荒涼たる原野のような景観に一抹の寂しさを胸に感じたサナトは、「あっ」と、奥にそびえたつ巨大な壁に目を奪われた。

幅にして五十メートル。高さは高層マンション並みか。

まるで白磁のような色合い。

そこには――一匹の竜が描かれていた。

中心に向かって渦を巻きながら収斂《しゅうれん》する白雲の流れ。

そこから差し込む聖なる光。

暗闇をはねのけるかの光の浸食。

中央にはそれらを背負う一角の四足竜。

睥睨《へいげい》する金の双眸《そうぼう》。

一枚一枚が鎧に見える、重なり合う白亜の鱗。

長大な尾が広い壁面を蠢くように伸びている。

「……これは」

サナトは声を呑んだ。

どこかで見たことのある竜だ。間違いない。己の原点であった。

神々しい生物は足を前に踏み出すような姿勢で描かれている。

爪先に視線を向けると、暗い穴があった。壁画のサイズに比べれば小さい。
直径三十センチほどだ。この大きさにも見覚えがあった。
瞬く間に自分の中で一つの答えにつながった。
――ここはダンジョンコアが存在する場所だ。
今も覚えている。
ルーティアに言われるがままに、粗末な剣をコアに振り下ろしたことを。
一度は命を諦め、運よく生き延びたことを。
そして、自分に過ぎた力が宿ったことを。
元々、一か八かで飛び込んだバルベリト迷宮。レベルは今も変わらない。
けれど、今は『力』と『大事な者』を手に入れた。
やおら表情がほころぶ。
色々あった。
悪魔とルーティアに振り回されるものだったかもしれない。だが、結果は悪くない。
異世界に飛ばされ辛酸《しんさん》をなめた二年間。その後、心から望んだものは手中にした。
これを幸運と言わずに何と言うのだ。
一度死んだ。
何度も痛い思いをした。

大けがを負った。

それらすら、些細なことだと思える。

もう今の自分から何かを奪える者などいないだろう。安心感がどっしりと心の底に根を張っていくのを実感する。

「ようやく……ようやく……ここまで来たか」

自信に満ちた瞳が、睥睨する竜を射抜き返した。湧き上がる喜びに胸を弾ませた。

サナトは壁画から目を離すことなく、隣に立つ少女に尋ねる。

「この竜をどう思う？」

静かな問いかけに、リリスは答えた。

「まるで……今にも動き出しそうです」

サナトは微笑んだ。

思い出すように、コロッセオの存在した場所を眺め、再び壁画に戻る。

「もしかすると、アーマードナイトは代役だったのかもな」

「この竜の代わりということですか？　それはさすがに……竜ってものすごく強いって聞きます」

「だろうな」

ルーティアが現れなければ自分もどうなっていたか分からない。

本気で竜と戦わざるを得なくなって、死んでいたかもしれない。

（いや、そもそもたどり着けないな。今、この場に立てていることが奇跡そのもの）

サナトは不思議そうに見つめてくるリリスに「なんでもない」と伝えた。

両腕を組み、天井に向けて体を伸ばす。体から緊張感が抜けた。

「これでこの生活も終わりだな。寄り道のつもりだったが、色々といい経験になって良かった」

『経験って一言で済ませられないことばっかりだったけどねー』

思わぬ内側からの突っ込みにサナトが笑い声をあげた。

「言う通りだな。いろいろ余計なことを知りすぎた気はする」

「そんなことはございません。知識とは無形の力の源泉です。余計な知識など無いでしょう」

バールがしたり顔で笑う。

「お前が言うと釈然としないが、まあ終わったことだ。リリスは迷宮生活はどうだった？」

「楽しかったです」

少女は満面の笑みで即答した。

良いことばかりではなかったはずだが、その姿に儚さは感じられない。明るい笑顔が心中を物語っている。

「レベル12だったリリスも65か。地上に戻っても俺を助けてほしい」

「はいっ！　全力でお守りします！」

「そうしてくれると助かる。よし、さっさと上に戻るか。さっきのモニカの件で太陽が恋しくなったところだ」

サナトは地上を見透かすように天井を見上げた。

短くも濃い迷宮の生活が、完全踏破という事実と共に、終わりを迎えた瞬間だった。

第十一話　王都ヴァルコット

ヴァルコットはディーランド王国における王の座す都市の名だ。

大国に囲まれた交通の要衝《ようしょう》地として、様々な文化、種族、物資が行きかう商業都市として発展してきた。

北東には峻険《しゅんけん》なデポン山があり、そこから流れ込む水脈が、都市機能を潤す豊富な水源として利用されている。

決して広くない領土に人が集まり、商人は商売の機会を求めて自然と流れ込んでくる。

調味料、珍しい食料、布、防具。

豊かな生活を求めて集まる人間達の間で流通する物も、多岐にわたる。

取引は活発で、日々大量の貨幣が取り扱われている。

また今も、周囲を見回せば所狭しと住居が建設され、住人が目に見えて増えているところだ。

しかし、華々しい成長を遂げる一方、国際情勢は難しい立ち位置にある。

西は複雑な思惑を内包するハンザ同盟国。

南は天使を崇《あが》める神聖ウィルネシア国。

そして、北は軍事大国であるラードス帝国に接している。

ディーランド王国はこれらに対して決して優位な立場ではない。

大国である神聖ウィルネシア国とラードス帝国に比べれば、軍事力で水をあけられているからだ。

それでも、小国でありながら示威に屈せずいられた理由は二つ。

ディーランド王国が征服されることで、次は自分達に矛先が向くことを恐れたハンザ同盟国の陰からの支援と、亡《な》きディーランド王国国王ノトエアが生み出した専門職――軍という組織にある。

王国にも戦いを生業《なりわい》とする人間がいた。傭兵と呼ばれる者達だ。

彼らの食い扶持《ぶち》は戦争が無ければ手に入らない。

国家が緊張状態にあるだけでは満足に仕事を得られず、そこに根付くことなく衝突する場を求めて旅立っていく。

これでは国民の仕事として確立しえないのは道理だ。

だからこそ、当時は農民が有事に武器を持つという形で仕事をこなした。彼らこそが食糧の生産者であり、国家の守護者であったのだ。

亡きノトエアは即位後この事実に目をつけた。

過去、デポン山のふもとの領土を、瞬く間に帝国に奪われた経験を持つ彼は、「専門でない兵士が束になったところで強大化する帝国には勝てない」と確信していた。

すぐに指示を出した。

武器の研究、戦術の研究。他国の模倣、魔法使いの育成。経験者による戦闘指南。将来の人材確保を目的とする学校創立。

戦うことを生業とする専業の軍を創立する。

できあがったものが、王の命を忠実に遂行できる治安対策の『憲兵団』と、外患に対応する『護軍』だった。

資金源、人の確保、武器の調達、兵の指導、忠誠心の醸成――問題は山積していた。

だが、ノトエアは形にしてみせた。

中身の伴わない烏合《うごう》の衆となり果てる危険の中で、必死に奮闘し、職業軍人というシステムを作り上げた。

そのかいあって、憲兵団と護軍は徐々に機能し始める。

何代にもわたって両軍に身内を輩出する家系が現れた。

魔法に秀でた者もいれば、卓越した槍捌《さば》きで名を馳《は》せる者もいた。

彼らは躍進し、名門を作り上げ、国民の羨望《せんぼう》を受けることになった。直系はもちろん、傍系《ぼうけい》であっても一目置かれるような血筋も現れた。

たとえ物量で負けても、集団戦では引けを取らないディーランド王国。軽々しく手を出せば目も当てられぬ被害を受ける。

偉人達が作り上げた安定した時代。

その何十年かの揺り返しが来るように、波は静かに水面を荒立て始めていた。

＊＊＊

——サナトが迷宮を踏破してから数か月。

王都ヴァルコットの中心地から東方に位置する場所に、真新しい外観の木造の建物がある。憲兵団や護軍よりも歴史を有する組織、冒険者ギルドだ。

自由気ままな風潮と根無し草を愛する冒険者達は、ギルド内に設けられた酒場で情報の交換を行っている。

彼らに時間は関係ない。好きな時に、好きなだけ、気の合う仲間と飲む。

しかし、それができるのは懐が潤っている者だけだ。

その日暮らしも困難な、かけだしの冒険者や、才能が開花しない者、そして冒険者になりたいと願っても向いていない者もいる。

冒険者の大半を占める彼らは、依頼が貼り出された掲示板を競い合うように睨んでいる。

高額な報酬に釣られて手を伸ばしてみたものの、依頼内容と実力とを天秤にかけて、難しい顔をして首を振ったり、パーティメンバーと相談してすごすご紙を戻したりするリーダーもいる。

報酬は最低限、己の労働分に釣りあうか、あわよくば儲けものの依頼に出会えるか。

それを求めるのが普通だ。

けれど、最近になって、ギルドでは一つ奇妙な話が話題になっていた。

二人組のパーティが難易度の高い依頼ばかりを受けている、というものだ。

熟練の冒険者から見れば明らかに報酬と難易度が釣り合っていないそれを、涼しい顔で承諾しては、あっさりこなして戻ってくるらしい。

依頼者の資金の問題とは言え、通常は低報酬で難易度だけ高い依頼など受けるパーティはいない。己の身に降りかかる危険だけが大きいなどありえない。

ギルドとしても断りたいものの、受けざるを得ない場合もある。

結局のところ、この手の依頼は貼り出すだけ貼り出して、受諾されずに期間が経過したら剥がされるのが常だった。

だが、この類の依頼をあえて狙うかのように動くパーティがある。

名を『白炎の灰』。

サナトとリリスが組むパーティの通り名だ。

＊＊＊

「おい、聞いたか。『白炎』の話」

ギルド内の隅に設けられた閑散とした酒場。

古ぼけた椅子に腰かけ、並んだ丸テーブルの一つに上半身を預けていた男が、のそりと顔を上げた。あごには手入れの行き届いていない濃い髭《ひげ》を蓄えている。

だらしなく投げ出された片手が、エールを半分残したカップを握っていた。

「その話、もうここで知らねえやついないだろ。嘘かほんとか、二人で土蜥蜴《つちとかげ》を十匹殺ったってやつな」

彫りの深い顔立ちの短髪の若い男が、事も無げに答えて背もたれに体を預けた。

椅子がぎぃっと音を鳴らす。

「それそれ。しかも一日で終わらせたらしいぞ」

「ありえねえ。足場の悪い砂漠で土蜥蜴に会うことすら難しいのに……十匹って。大方、元々ドロップアイテムを隠し持ってたとかだろ」

投げやりな口調で言った短髪の男の言葉を、髭の男は笑い飛ばした。

カップを乱暴に机に置くと、エールが飛び跳ねる。

「あれのドロップアイテムを隠し持つ方がありえねえ。売ったら一財産だぞ。お前なら十個も手元に置いとくのかよ」

「……いや、まあそうなんだけどさ」

短髪の男は預けていた背中を起こし、自らも丸テーブルに乗り出すように体勢を変えた。

「二人で土蜥蜴は無理だろ。ベテランでも一匹殺すのに二パーティはいる。前衛一人で攻撃を受け止められるわけがねえ。まして、複数匹と出くわした日には――」

「俺なら裸足で逃げ出すな」

「命がいくらあっても足りねえよ」

「お前の言うことはよーく分かる。けど、『白炎』の場合はそれだけじゃないからな」

髭の男が、さらに身を乗り出すように顔を近づける。

話したくてうずうずしているのを見て取った短髪の男は、「長くなるな」と小さくため息をついた。

「待て待て、俺もなんか飲むわ。おーい、エティルちゃん、エール一杯頼む」

奥のカウンターに向け、ひらひらと片手を揺らす。

「はーい」という快活な声が響き、ショートカットの女性が手慣れた手つきでカップを手にやってきた。

溢れるほどに注がれたエールが、窓から射しこむ陽光で輝く。

場に二つのカップが置かれた。

短髪の男は注文と異なることに首を傾げる。

「あれ？　一杯って言ったよな？」

「暇なんで、うちもラーンズさんの話に混ぜてもらおうかなってことで、サービスです。デルティオさんにも、もう一杯ってことで」

茶目っ気たっぷりに笑うエティルは、頬にえくぼを作って白い歯を覗かせた。

飾り気の無いエプロンを外し、丁寧に折りたたみ、空いていた椅子を引っ張ってテーブルに寄せる。

堂々と一休みするつもりらしい。

ラーンズは短髪に軽く触れながらジト目を向けた。

「ギルド職員が真っ昼間からさぼってていいのかよ」

「こっちの酒場担当はほとんど仕事が無いんで。ギルド運営の酒場って高いだけでしょ？　昼間なんてお二人くらいしか来ませんよ。あっちの依頼担当は忙しいみたいですけど」

エティルは悲哀の瞳を向けた。

出入りの激しい冒険者達の殺気だった声や、必死に対応するギルド職員の慌てた様子が目に入った。

ラーンズが「あっそ」とつぶやいた。

「で？　エティルちゃんも多忙な合間を縫って『白炎』の話を聞きたいわけ？」

「あっ、そうなんです」

「……つまり、さっきから俺らの話を盗み聞きしてたってことね」

「あっ、そうです」

にこりと微笑んだエティルに、ラーンズが苦虫を噛みつぶしたような顔を見せた。

デルティオが豪快に飲みかけのエールを呷《あお》り、げふっと酒臭い息を吐き、赤ら顔で大きく笑う。

「さすが、その年齢で受付に座るだけのことはある。慣れたもんだ」

「にへへ」

「けど、ギルド職員なら俺らより正確な情報あるんじゃねえのか？　気になるなら資料調べりゃ終わりだろ」

「いえ、受けた依頼内容は分かるんですけど……うちはSとかEとか書かれていても、難易度の実感が湧かないので」

デルティオが「なるほどなあ」と言い、カップに手をかけた。

そして、きらめく表面を眺めながら、少しばかり表情を引き締めて言った。

「悪いが難易度は経験しなきゃ分からねえよ。たとえば戦う力の無いエティルちゃんの目の前に土蜥蜴が現れたら、どれだけやばいことか想像できないだろ？　まあ、でかさだけでこいつは無理だなとは思うだろうが」

「……一瞬で死ぬってことは分かります」

「砂の上で戦う術《すべ》は？　逃げ方は？」

「これから勉強します」

むっつりとした表情で話を聞いていたラーンズが噴き出した。

デルティオも釣られて苦笑した。

「そう来るとは思ってもなかったぞ」

「前知識無しに話を聞こうとしてたとはなあ……普通は勉強してからじゃないのか？」

少しの非難を込めた瞳に、エティルが頬に人差し指を当ててさらりと答える。

「うちが今度『白炎』の専属に当たったんですよ。だからこれからうちが依頼を回したり、お世話とかさせてもらったりするんですけど……あの方達、すごい勢いで難易度の高い依頼をこなしちゃうんで。一から勉強してる間に、どんどん新しい情報が溜まっちゃって。いえ、うちもギルド歴浅いですけど、C級くらいならだいたい知ってるんです。でも――」

「それで俺達に……」

「はい。強い人のことは強い人に聞いた方が早いかなって思いまして」

エティルが期待に満ちた表情で、ラーンズとデルティオを交互に見つめる。

デルティオは再びエールに口をつけ、話したがっていたのが嘘のように沈黙を作った。

そのまま「お前が話してやれ」と言わんばかりに、カップの上から意味深な視線をラーンズに送った。

「高い一杯になりそうだな……」

ラーンズはエティルの視線に、ため息交じりにつぶやいた。

第十二話　白炎の灰

「――最近俺が聞いたのはその程度だ。デルティオは？」

「似たようなもんだ」

ラーンズはようやく終わったと背もたれに体を預けた。

エールはほとんど減っていない。代わりにデルティオのカップが空《から》だ。

エティルが「ありがとうございます」と、指折り数え始めた。

「えっと、デポン山の希少獣トルドウルフの捕獲、闇ギルド『戯言《ざれごと》の進言』の残党狩り、純度Aの魔石納入、フレーロンド砂漠の土蜥蜴討伐に、某要人の護衛……なんでもありですね」

呆れ声のエティルに、ラーンズが肩をすくめて同意する。

「まったくな。後のやばさを考えりゃ、闇ギルドになんて手を出すバカはまずいない。魔石にしたって、迷宮に潜るにしても純度Aなんてよほど深くないと見つからない。他の依頼を考えても、パーティ全体の能力はもちろん、個人能力、索敵能力、護衛能力……全方位に無茶苦茶だ。普通はどれか分野が一つか二つに偏るんだけどな」

「そして極めつけはライルの勲章だ。『白炎』が迷宮に落ちていたものを拾ったらしいが――」

ラーンズの言葉を引き継いだデルティオを、さらにエティルが継ぐ。

「あの天才と呼ばれたライルさん……ですよね」

「エティルちゃんは直で見たことはないだろうけど、学園始まって以来の逸材と言われたライルが指揮するパーティだからな。音沙汰が無くなってしばらくだったが、迷宮の30階層をあっさり突破したことは有名すぎる話だ。勲章と一緒に死んでたとはな……」

「つまり、『白炎の灰』の二人は、その階層よりずっと下に――」

鼻息荒く体を乗り出したエティルに、デルティオが渋い顔を作る。

カップを持った手が制するように彼女の眼前に差し出された。

「あくまでそうじゃねえか、って推測だ。証拠はねえよ。到達階層も報告してないそうだからな」

「しかし、ここまで短期間で実績を残すとなると、噂《うわさ》は本当かもな」

ラーンズの声色に少し嫉妬《しっと》が混じったが、エティルはまったく気づかないように目を輝かす。

そして、憧れを隠すことなく言葉にした。

「もしかして、これから伝説に残るような人のお世話をさせてもらえるのかもしれませんね。うぅ、かなりわくわくしてきました」

「……その口ぶりだとまだ会ってないわけ？」

「あっ、そうなんです。今日、初顔合わせになってまして。いつ来られるかは聞いてないんですけど、夕方くらいじゃないかと――」

エティルはそわそわと落ち着かない。

ラーンズがわざとらしく大きなため息を漏らした。

デルティオも片目をつむったまま、「ギルド職員としては注意力に難あり」とつぶやき、彼女の前に太い腕を突き出した。

そのまま、人差し指が受付の方を指し示す。

「さっきから二人ともずっと待ってやがるぞ」

エティルが「えっ」と声を漏らして視線を向けた。表情が一気に凍《こお》り付いた。

「えぇっ⁉　あの方達が『白炎の灰』なんですか⁉　どうして教えてくれないんですか」

「ギルドに出入りする人間くらい目で追っとけ。鼠色のローブの黒髪、白の鎧を着た紫髪の娘の二人組。あいつら以外いねえだろ」

「す、すみません。私――すぐ行きます！　あっ、お話ありがとうございました！」

「おう。また今度もエールよろしく」

大慌てで頭を下げたエティルが、エプロンを酒場のカウンターに放り投げて、小走りでかけていく。ギルドの制服は当然身に付けていない。

町娘と言われれば誰も疑わないだろう。

ぽつんと取り残された形になった二人が、顔を見合わせて小さく噴き出した。

「そそっかしい嬢ちゃんだな。まさか『白炎』の面も知らねえとは」

「俺も初めてみたときはびっくりしたさ。線の細そうな男とひ弱な娘がパーティ組んで、土蜥蜴と戦うとは予想できん。何かの間違いだとずっと思ってた。で——それはそれとして、エティルちゃんにエールはあまりねだるなよ」

「なんでだ？」

「なんとなく……あの子の場合は高くつきそうな気がする」

ラーンズが答えると、デルティオが腹を揺すって大きく笑った。

「ちげえねえな。あの若さで俺ら相手に度胸がすげえ。大物になるかもな」

「……俺達も負けてられんな」

「それは、嬢ちゃんにか？　『白炎』にか？」

「どっちもだ」

「ほお、やる気があるとは珍しいな。今日は飲み明かすつもりだったが、どっか狩りに行くか？」

「いや、学園に顔を出してくる。少し初心を思い出したくなった」

ラーンズが腰に佩《は》いた剣を片手で二度叩いた。

対面に座る男が「なるほどな」と答え、のそりと立ち上がると、両手を伸ばして体をほぐす。

「せっかくだ。付き合うとするか」

デルティオは嬉しそうに表情を緩め、テーブルに立てかけていた槍を手慣れた様子で握った。

＊＊＊

見た目はもちろんギルド長から聞いていた。

けれど、話に夢中で気づけなかった。

落ち着いた雰囲気の冒険者二人。

薄紫色の髪を束ねた少女。白い鎧に奇妙な青い紋様。腰には同じ紋様の剣、素材は不明。あまり積極的に口を開くタイプではない。

もう一人は薄鈍《うすにび》色のローブに身を包んだ黒髪の男性。こちらは驚くことに無手《むて》。取っつき難《にく》い印象を持つが、話せば意外と普通の人。だが途方もない難易度の依頼すら、水を汲むだけだと言われているかのように、軽く引き受けてしまう。

「印象悪くなっちゃったかな」

漏れた声が沈んでいる。初っ端《しょっぱな》から大失敗だ。

何かにのめり込んだり、考え込んだりすると、周りが見えなくなるのが悪い癖だと自覚している。

完璧な身だしなみで礼節を尽くした対応を、と秘密裏に伝えられているがゆえに、余計にまずい状況だ。

パーティ『白炎の灰』。

エティルにとってパーティ名は何でも良い。

それよりも重大な秘密、いや、異常すぎる事実があるからだ。

それはレベルだ。

S級の依頼すら難なくこなす二人のレベルは、聞いている情報では黒髪がレベル8。そして信じがたいことに、奴隷《どれい》の少女がレベル65。

ギルド始まって以来の記録になる。

過去最高を軽々超えたイレギュラーな存在なのだ。土蜥蜴の討伐すら、少女一人でこなせるのでは、と噂されている。

「あんな女の子が……うちより年下じゃん」

嬉しそうに主人の話に耳を傾けている少女を一瞥し、すばやく受付カウンターに体を滑り込ませ、大急ぎで服を脱ぎ捨てる。

この際、簡易の衝立《ついたて》で良い。

温かかった体の表面を冷やりとした空気が撫で、白い下着に包まれた豊かな肢体が露わになった。

周囲の同僚にぎょっとした視線を向けられたが無視する。

今はそれどころではない。重要人物を待たせている。

カウンターの向こう側。

一瞬舐めるような視線を送ってきた冒険者を修羅のごとく睨みつけ、制服に袖を通し、スカートに足を通した。

髪型のチェックは忘れない。

受付のカウンターを出て、ふと気づいて、大急ぎで深緑色の髪を整える。

落ち着いた印象を与えた方が対等に扱ってもらえるかもしれない。

溢れかえる冒険者の間を縫って、一つのテーブルに近づいた。

「サナト様、お待たせしました。遅くなって申し訳ありませんでした。エティルと申します」

この程度で息は切れない。

幼少の頃から体は鍛えているし、ギルド職員の心得の一つでもある。

きちんと謝罪をして、折り目正しく頭を下げた。

もはや、さっきまでのエティルはいない。

今は、特異な能力を認められて雇われた、ギルドの受付員の一人だ。

気づけば、朗らかに談笑していた少女の声が止まっていた。

サナトの顔には苦笑が浮かんでいる。エティルは内心で首を傾げつつも言葉を待った。

もしかして遅れたことを怒鳴られるのでは、と身構えた。が、耳朶を打ったのは予想もしていなかった言葉だ。

「今度からそんなに慌てなくて大丈夫だ。忙しいなら待つ。……服が前後反対だ」

喧噪の場が嘘のように静まり返った。

ベテランの冒険者は見ていられないとばかりに失笑し、初級冒険者は口元をにやつかせている。

エティルの顔が瞬く間に真っ赤に染まり上がった。

大失敗だった。

第十三話　特異

エティルは言葉少なに、サナトとリリスを連れて奥へ歩いた。

羞恥による頬の熱さは幾分和らいだ。

ちらりと様子を窺えば、それほど怒っているようには見えない。

細い廊下を進み、右に折れる。

そこにあるのは、滅多に使わない部屋だ。ギルド職員同士の秘密の話や、聞かれるとまずい会話をする場合に使う。ここに冒険者を入れることはありえない。

だが、『白炎の灰』は特別に許可されている。

「あっ、そちらにかけてください。私はお茶を――」

「いや、必要ない。話を進めてくれ」

動く前に手で制され、エティルは内心でほっと一息吐きだした。

お茶淹《い》れは得意ではなかった。茶葉の量を誤って苦すぎたことは二度、三度ではない。

「では、失礼して……」

長方形のテーブルを挟んで、革張りのソファに腰を下ろした。

ひんやりと慣れない感覚。

表面が滑るために、腰の位置を調整し、背筋を伸ばす。

改めて目の前に座るリリスをじっと眺めた。

(奴隷なのに隣に座らせるんだ。きれいな子。レベルが65っていうのはほんとなんだ。こんなに体が小さいのに……あの斧で戦うのかな)

切りそろえられた薄紫色の長髪が肩から腰に流れている。神秘的な容姿と相まって、見つめているだけで我知らず鼓動が速くなった。

慌てて、隣に視線を移す。

落ち着いた雰囲気の黒髪黒目の男性。リリスのように取り立てて目立つ部分は無いが、どこか冷めた印象だ。

「レベルが8っていうのは本当なんですね」

思わず口をついて出た言葉を後悔した。

冒険者が自分のレベルを暴露されて喜ぶとは思えなかった。

しかし、サナトはどこ吹く風だ。それどころか、口角を上げて、悪い笑みを返した。

「真正の瞳、だったか？　まさかレベルが見える目を持つギルド職員がいるとはな」

遠くを覗く瞳がエティルに向いた。なぜかうすら寒さを感じる。

「えっと……もう聞いていると思いますけど、ギルド長が言うには、ステータスカードに映らない、特別な異能ということだそうです」

「特別な異能、ね。つまり、その真正の瞳を持つから――」

「はい。私が担当に選ばれました」

サナトの目が面白そうに眇《すが》められる。

「なるほどな」とつぶやき、「確かに、エティルのような人間がいると、レベルを隠し通すのは無理だな」と、ソファに背中をゆっくりと預けた。

エティルが、追うように正面に乗り出し、重々しく口を開く。

「ギルド長から説明があったと思いますが、念押しを私からさせていただきます」

「待った」

サナトの片手がまっすぐ上がった。

「……何か？」

「念押しは構わないが、エティルはこれから俺達と深く関わることになる。違うか？」

「いえ、その通りです。ギルド長が私を専属に当てたのも――」

「なら、まずはその堅苦しい雰囲気をやめてくれ」

予想もしていなかった言葉だ。

サナトはさも当然だと言わんばかりに続ける。

「ギルド長に何を吹き込まれたかは想像できるが、俺は冒険者としては新参だ。下手《したて》に出る必要はない。ため口でも構わん。それに……エティルは誰にでもざっくばらんに話をするタイプだと聞いたぞ」

人の悪い笑みとともに、サナトの目が眇められる。

エティルが思わず唇を引き結んだ。

「……そ、それは、だ、誰にでしょうか？」

「もちろんギルド長だ」

エティルは「げっ、やっぱり」と漏れかけた声を必死に口内で押さえつけた。

頭の中を様々な思い出が怒涛のように駆け巡っていった。自分が雇われてからの武勇伝には事欠かない。

打ち上げの場で不名誉な話題として必ず全員が大笑いするネタだ。

若さゆえに、同僚にそれは違うと真正面から意見し、ギルド長に盾突き、最近ようやく労働者の機微《きび》というものを理解し始めたところなのだ。

『ずばずばと』と言い換えた方が良いかもしれない。

（きっと、色んな話を聞いてるんだろなぁ……あのオヤジめ……私の情報なんていらないのに。今度会ったら文句言ってやる）

エティルはほんのり赤くなった顔を左右に振り、微笑むサナトに向き直った。

優秀なギルド職員を演じ続けることは無理そうだ。

「ではお言葉に甘えます。こういう丁寧な話し方ってあこがれなんですけど……うちには向いてないですね」

「いいや、悪くはないと思う。ただ、秘密を知られた者同士、かしこまらずに対等にやろうと言いたいだけだ」

「ギルド長には威厳を持ちつつ慎重に話せって言われてたんですけど……粉々になっちゃいました」

「それは悪かったな」

「まあ、肩ひじ張らなくて済むようになったので、うちとしては良かったですけど。緊張しっぱなしでしたし」

エティルは朗らかに笑い、体の力を抜いて座り方を楽にした。

暖められた革のソファが心地良かった。

＊＊＊

「で、念押しになりますが、お二人のレベルについては、対外的には一切秘密とさせてください」

「ああ。それはこっちもありがたい話だ」

エティルが頷いた。

この話は、王都ヴァルコットのギルドの機密情報として扱われることが決まっていた。

理由は簡単だ。

レベルの概念が崩れるからだ。

エティルはギルド長に突然呼び出された日のことを思い出す。

呼ばれることなど滅多にない部屋に向かったエティルは、そこでパイプ煙草《たばこ》をふかす男に話を聞かされた。

——歴史上初めて、レベルの概念を覆すパーティが現れた。

紫煙《しえん》を揺らめかせながら、白髪のギルド長が言った一言に、エティルは混乱した。まったく意味が分からなかった。

その後、ゆっくりと説明をされた。

——ここ数か月で、たった二人のパーティが、ギルドの面倒な案件、それも高難度の依頼を瞬く間に片づけてしまうという事態が起こっている。

その二人に、任意でレベルの公開を求めたところ、片方はレベル8、もうひとりはレベル65という驚愕の事実が判明した。

これを受けて、ギルドは事実を知る数人に慌てて箝口令《かんこうれい》を敷いた——と。

「冒険者に限らず、憲兵団でも護軍でも、レベルがすべての基礎です。レベル8なのに圧倒的に強いサナトさんや、過去最高を易々と超えたリリスさんは、はっきり言って異常なんです」

「知ってるさ。ギルド長からも言われたしな」

「こんなことが大っぴらになったら、誰もが判断基準にしているものが粉々になっちゃいます。モンスターにはそのレベル以上か、同レベル帯の冒険者が複数で当たるという鉄則に意味がなくなるんです」

「だろうな。自分で言うのも何だが、俺はこの世界の外れ者に当たる。ギルド側が秘密にしてくれるなら、俺からレベルを暴露することはない。もちろん、ここにいるリリスもな」

リリスが無言で首を縦に振った。

サナトがエティルに向き直り、膝に両肘を載せて顔の前で両手を組む。鋭い視線が向いた。

「異質すぎる者は、世間から弾き出されるのが世の常だ。心配しなくとも、理由なく言いふらしたりはしない。言いふらすメリットも無いしな。だが、レベルが見える者には隠すことができない」

「はい……私のように、ですね」

「エティルが俺の担当に当てられるのは理解できる。その瞳の前では嘘をついたところですぐにばれるからな。仮にエティルが知らされずにリリスのレベルを見たら、仰天しただろ？　そして、すぐに周りに聞いたはずだ」

「たぶん、そうなったと思います」

サナトの言う通りだ。驚いたエティルはきっと周囲に尋ねたに違いない。

だからこそ、ギルド長は彼女を早々にこの案件の担当者にし、秘密を知る者の中に巻き込み、口止めをしたのだ。

「ところで、問題ない範囲で聞きたいんだが、その真正の瞳とやらは、何が見えるんだ？」

サナトが窺うような表情で身を乗り出した。黒い瞳に異質な光が宿っている。

（うちの異能って珍しいから聞きたくなるよね）

エティルはすぐに理解したものの、答えに詰まった。

ギルド長から、異能については軽々しく話さないように、と注意を受けている。

どうしようかと迷い、視線を伏せて考え、顔を上げた。

サナトと目が合った。

細められた黒い両目は見透かすように輝いている。

「言えないなら無理には聞かないが」

「いえ……サナトさんの質問には、できる限り答えるように言われているので構いません。私の眼に映るのはレベルだけです。それもかなり近づかないと見えません」

「ほお、名前は？　スキルやステータスはどうだ？」

「まったく見えないです。というか、スキルやステータスは、絶対にステータスカードでしか見られない情報ですから、見えるはずありません」

「だよな……」

前のめりになっていたサナトが、苦笑しながらソファにもたれかかった。

「当たり前のことを聞いて悪かった」と言いながら、表情を崩した。

一気に興味を失ったようにも見えた。

「サナトさんはそんなスキルを知っているんですか？」

「まさか。見えたら便利だなと思っただけだ」

「あっ、それは確かに。敵のスキルやステータスが見えたら、随分危険が減るでしょうね」

「そういうことだ」

「まあ、ありえないですけど」

エティルの微笑みに釣られるように、サナトが笑い声を漏らした。

「で、今日は顔合わせと念押しをして終わりか？」

「いえ。実は依頼が一つありまして、これが本題です」

「だと思った。そうじゃなければこんな改まった席は必要ないしな。いいぞ。『ギルドの便利屋』と言われる『白炎の灰』が依頼を受けようじゃないか」

サナトは大仰《おおぎょう》に肩をすくめた。

ギルドの便利屋。陰でそう呼ばれていることは知っている。

誰もやりたがらない、報酬の低い高難度の依頼を黙々とこなすパーティに対する、他の冒険者の揶揄《やゆ》。

エティルは辟易していた。

自分達の力不足を棚に上げ、たった二人で危険に挑むパーティを笑うなんて、と。

気に入らないなら自分達が受けたらいいのに、という言葉を呑み込み、エティルはもやもやとした気持ちで、とある罪悪感と共に一枚の紙を差し出した。

それは、掲示板に貼り出されても受け手が見つからない、いわゆる『面倒な依頼書』だった。

第十四話　面倒な依頼

「捜索か……」

意表を突かれたとばかりに、サナトは片手をあごに当てた。依頼書の詳細に目を通しながら、気になった部分について質問した。

「難しいでしょうか？」と尋ねたエティルに対し、サナトは小さく唸って腕組みをする。

「はっきり言えば難しいな。生死の分からない人間を探すのはな……しかも期間が限られている」

サナトが依頼書の向きを机上で反転させた。すっと突き返す。

エティルが瞳を伏せた。

「……ご無理を言いました」

「勘違いするな。受けないとは言っていない。だが、この一文だけがどうしても引っかかってな」

サナトが身を乗り出して一か所に指を当てた。

依頼文の最下部、特記事項の欄だ。

「『ただし、指定するギルド職員を同行させること』。このギルド職員とは誰だ？」

「……うち、いえ……私です」

「エティルが？」

サナトの驚いた声が室内に響いた。隣でリリスも目を丸くした。

「理由は？　デポン山にはモンスターも多い。エティルはギルドお抱えの戦闘員じゃないだろ。受付のはずだ」

「私がデポン山に詳しいからです。サナトさんも山の向こう側は知らないと聞いていますので、道案内をさせてもらいます。あのあたりは帝国との国境に当たりますし、知らなければ間違って越えてしまうかもしれません」

「国境……道案内……」

サナトが眉を寄せた。

エティルが期待した返事はなかなか返ってこない。沈黙が続く。

エティルは薄氷を踏むかの気持ちで見守った。不自然に見えないように表情を取り繕ったまま待つ。

言ったことは嘘ではない。

だが、すべては話していない。

デポン山はラードス帝国との国境付近にある。峻険な山間は国境として優秀だ。

モンスターが多い上、希少で凶悪なトルドウルフが出現することもあり、理由が無ければここを越える者はいない。

しかし、ギルドの依頼の中には、時にデポン山に自生する植物や、素材採取のためのモンスター討伐が含まれる。

今回の依頼は、まさにそういう依頼をこなそうとして帰らなかったパーティの捜索。

しかも、王国側ではなく、帝国側のふもとに足を延ばしていたパーティだ。

「家族の方からの依頼なんです」

依頼主はパーティリーダーの妻だ。冒険者にはよくあることだと周囲に言われたが、あきらめきれなかったらしい。

けれど、報酬が低い、あての無い国境付近の捜索でデポン山深部となると、どの冒険者も二の足を踏んだ。

「ダメでしょうか？」

「いや、受けよう」

得たかった答えが返ったエティルの表情が緩む。

と同時に、罪悪感は大きくなった。喉元まで出かかった言葉を押さえつけ、無理に微笑んで頭を下げた。

「ありがとうございます」

「だが、生死はどうしようもないぞ」

「それは依頼主も分かっていると思います。ただ……探したという事実が欲しいんだと思います」

「了解した。できる限りのことはやろう。捜索は他のパーティと協力するのか？」

エティルがかぶりを振る。

依頼は『白炎の灰』だけで行うことが決まっている。

「あの広い山を俺とリリスとエティルの三人で捜索するのか？」

「そうです」

エティルはきっぱりと告げる。

「……なるほど。捜索したという事実作りというのは本当らしいな。分かった。そういうことならこちらも気負わずにやろう」

「よろしくお願いします。出発は？」

「準備に問題が無ければ明日にでも発とう。捜索するなら早い方がいい」

サナトが「護衛も任せておけ」と胸をどんと叩いた。続けて冗談っぽく、「リリスの方が守り手としては優秀だが」と笑う。

エティルも釣られて微笑む。

だが、表情とは裏腹に、罪悪感はさらに大きくなった。

＊＊＊

翌朝。

遥か遠方に見える、お椀をひっくり返したようなデポン山の山際が赤々と輝いていた。

待ち合わせ場所の城門前で、エティルはなかなか温まらない両手に「はぁっ」と息を吹きかけた。

「うぅ……緊張してきた」

単純にサナトに同行するだけなら、胃を締め付ける緊張感と、割り切れない罪悪感に悩まされることはない。

頼りになる姉の姿を心中で思い浮かべ、祈る気持ちで朝焼けに目を向けた。

サナト達が現れたのはちょうどそんな時だ。

「おはよう。待たせて済まない」

「おはようございます」

薄鈍色のローブに身を包むサナトと、目が覚めるような白い鎧に身を包んだリリス。束ねた薄紫色の髪が揺れている。

「サナトさんって杖とか持ってないんですか？」

「ああ、俺には必要ない」

「魔法の威力を上げたりしないんですか？　もしかしてアイテムで補正しているとか」

「心配しなくとも、すぐに分かる。それよりせっかく早い時間に集まったんだ。人目につく前にさっさと出よう」

サナトはエティルの質問に答えることなく、軽快に歩を進めた。

＊＊＊

「受付嬢と聞いていたが、体力があるな」

何時間経過しただろうか。

正確なところは分からない。頭上に近づく太陽の位置だけが目安だ。

黙々と先頭を歩いていたサナトが足を止めて振り返った。

「体力には自信あるんです。小さい時から鍛えてますので。荷物も背負ってないですし」

「アイテムボックスの中か？」

「はい。一番小さいやつですけど」

エティルは汗ばんだ額を軽く手布でぬぐって、二人の様子を眺める。

ここまでの道程、何度か言葉は交わした。

粗野で高飛車な人間が多い中で、驚くほど普通という印象だった。

エティルがついて来られるように速度を調整している。

割の合わない依頼で、足手まといに近いギルド職員を同行させての山登り。『白炎の灰』にとってメリットが無いはずなのに気遣いをしている。

ありがたい、と思う一方で、本当にこんな人が戦えるのだろうかという疑問が湧いた。

エティルの脳内に、一つの可能性が浮かび上がる。

もし噂が嘘ならば、ギルドの評価を大幅に下げなければならなくなる事態。そうなって欲しくはないと思いつつも、事実は報告せざるを得ない。

「おっ、蛇か。これだけ歩くと色々出てくるものだ」

緊張感をかけらも感じさせない声が耳に入った。

エティルは釣られるように視線を上げ、光景に絶句した。

登っているのはデポン山の山道。

王都ヴァルコットから馬車で平野を抜け、山のふもとから森を切り開いてできた道だ。

頂上に繋がる他、帝国国境へ抜ける道、山内に存在する巨大な滝に到達する道の三方に分かれている。

エティル達は帝国側へ抜けるルートだ。進むほどに細くなる荒れた道が、人の行き来の少なさを示している。

そしてその中央に、行く手を阻もうとする巨大な蛇が姿を見せた。

「蛇型のモンスター……」

うめくように口にしたエティルの背中に、冷や汗が浮かぶ。

この位置は巨大モンスターの攻撃範囲だろう。三人まとめて一呑みにできそうな口内が、品定めをするように怪しく蠢いている。

反射的にあげかけた悲鳴を呑み込み、呼吸を深くして冷静さを取り戻した。ギルドで得た知識を思い出しながら、急いで敵の見た目と照合する。

凶暴な太さの、こげ茶色の体躯。

蛇にあるまじき様々な色の光沢を放つ鱗。

ちろちろと口から伸びる真っ黒な舌。

極め付きは、頭部に備わった異形の『もう一つの口』。縦に割れるように走る口の中にはおびただしい数の小さな歯。

モンスターの中には、人間の真似をして呪文を唱えるものが存在する。

『呪文口』と呼ばれる部位を持つモンスターの魔法は、時間を要する分、非常に強力だ。

一撃でパーティが全滅したとの事例もある。

小さい警戒音がシューッと、静謐な山道に響いた。いつの間にか、鳥のさえずりも虫の鳴き声も途絶えている。危険を察知して逃げたのだろう。

蛇が巨体を左右に揺すって近づく。

(まだ大丈夫……まだ大丈夫……)

逃げ出したくなる圧迫感の中で、エティルは背後に目を向けた。

続いて、同行者に向けて大声で叫んだ。

「ランドスネーク、危険度A級です！　気を付けてください！」

「ん？」

サナトが振り向く。その顔に浮かんでいるのは、まるで「用事か？」とでも言いたげな、間の抜けた表情だ。

エティルは思わず「敵から目を離さないで！」と叫んだ。

「もう死んだぞ。リリスが切った」

そんなサナトの言葉を聞いて、目を丸くするエティル。

「エティルは戦闘員じゃないんだから、敵が出たら隠れてくれていい。俺達もそっちの方が安心だ。情報を伝えようとしてくれたことには感謝しているが」

「い、いえ……え？　ランドスネークは？」

「光の粉に変わった。そこら辺がきらきらしているだろ」

「え？　……えぇっ!?」

サナトが指差した先に、恐る恐る目を向ける。

そこにいた巨大な蛇が、木漏れ日の中、細かい光となって上から下へふわりふわりと遊ぶように舞い踊っていた。

「……消えた、の？」

「消えたんじゃなくて、死んだんだ」

モンスターを殺した後に見られる光景だ。

一体何が起こったのだ。口の中がからからに渇いていた。

「いつ、殺したんですか」

「今しがた……としか言いようがないが」

「リリスさんが？」

「そうだ。あの程度の敵なら一刀両断だ。おーい、リリス、アイテムは見つかったか？」

リリスが音もなく戻ってきた。

息一つ切らさない彼女の小柄な手には、茶褐色の牙が一本載っている。ドロップアイテムだ。

エティルは空いた口がふさがらないまま、再確認を行う。

「リ、リリスさんが、ランドスネークを殺したんですか？」

「ええ」

「一撃で？」

「一撃ではなく、二撃ですね。首と頭を」

「あっ……そうですか」

サナトがリリスの頭を撫でた。

彼女は嬉しそうに頬を染め、くすぐったそうに身をよじる。小動物のようだ。

とてもランドスネークを倒せる冒険者には見えなかった。

「レベル65……ってほんとなんだ」

山道に嬉々とした鳥のさえずりが響いた。

第十五話　探りあい

デポン山の深部は未開の地の様相を色濃く示していた。山道の至る場所に生えた草木をリリスが剣で切り開く。

巨大な獣が押し通ったと思われる折れた大木と足跡。

耳にしたことがない鳥の鳴き声に、エティルが短い悲鳴を呑み込んで体を震わせる。

「ご主人様、予想通りになりましたね」

リリスの潜めた声に、サナトが小さく頷く。

一面の落ち葉を踏みしめながら、依頼を受けた夜の話を思い出した。

借りている宿の二階の部屋で、ベッドに腰かけたサナトは自分の考えを二人に告げた。

＊＊＊

「おそらく、依頼はギルドの仕掛けってところだろうな」

「仕掛け？」

首を傾げたのは、ロッキングチェアに、後ろ向きに座るルーティアだ。揺れで流れた銀髪をかき上げた彼女は、サナトを見つめる。

迷宮でサナトの体内に戻った彼女は、たまに外で実体化したいと願った。そのため、戦闘の危険がない時にはこうしてくつろいでいる。

飲み食いはもちろん、最近は書物にも目を通している。

「森の奥の隔離された空間で、受付嬢というギルド職員同伴。デポン山という場所の問題を除けば、依頼の難易度は高くない。それに、俺達の名が通り始めたこのタイミング。少なくとも何か企んでいることはあるんだろう。問題はそれが何か、なんだが……」

考え込むサナトに、リリスがおずおずと言う。

「ご主人様は色々な依頼をゆっくりこなしたいとおっしゃっていましたし、ギルドでは他とぶつからないものを選んできました。決して悪いことにはならないのではないでしょうか」

「どうだろうな。楽観的に考えればそうだろうが、心づもりは必要だ」

腕組みをしたサナトの視界の端で、ルーティアがチェアを大きく揺らしながら「うーん」と唸る。考えているのか暇を持て余しているのか、分かりにくい顔だ。

「もしかしてマスターの実力を知りたいとか？」

「最悪のケースを除けば俺もその線が濃厚だと思う。ってルーティア、冴えてるじゃないか」

「えへへ。最近、なんだか頭がぐるぐる回るようになったんだよねー」

「ぐるぐる回るって……心配になる言い方だな」

サナトが笑い、ルーティアが釣られて微笑んだ。

そのタイミングで、リリスが「えっと」と控えめに片手を上げ。

最近、自分の考えを口にする機会が増えた少女に、サナトはとてもうれしくなる。

「ですが、ご主人様の力はギルドもよく知っているんじゃないでしょうか？」

「いや、ギルドが持っている情報はこなした依頼の数と内容。それとこの間、ステータスカードを確認したときに見たレベルとスキルのみだ。俺の力の評価はレベル８のままだろう。データを見ただけなら前の街を出た時と変わらん。初級スキルの数が増えたくらいだ。おそらく荒事はリリスが担当していると思われているはず。リリスの力は一目で分かるしな」

「そんな……私のレベルのせいで」

リリスが悔し気に表情を歪めた。サナトが立ち上がり、リリスの頭にぽんと手を置いた。

「気にするな」

「ですが、私のせいでご主人様が侮《あなど》られるようなことは……」

「大丈夫だ。ゆっくり名を通していくという計画は順調だ。色々な人間から疑問が出てくるのは想定内。それに――」

サナトは間をおいて、にやりと笑う。悪戯っぽく、子供のように見える不思議な表情を、リリスが熱っぽい瞳で見上げた。

「力が知りたいなら、存分に見てもらおうじゃないか」

＊＊＊

サナトは《神格眼》で背後を確認する。異常な視野のおかげで振り返ることすら不要だ。

瞳に映るのは、森の中に点在する名前の表示。道なき道を移動している集団。

エティルではない。

人数は考えていた以上に多い。

視線を前に固定しながら目を細めるサナトは、ひとりひとりの情報をつぶさに観察する。

レベル30中盤が二人。残りの六人が20後半から30前半だ。冒険者のレベルを考えれば高位の人間達だ。

リーダーらしき二人を筆頭に、計四人の集団が二組、後方からエティルを追うように移動している。それぞれ四人パーティだろう。

それぞれが《追跡術》を持ち、仮面で顔を隠している。

「ご主人様、どうですか？」

背後の追跡者を見ていると感づいたのだろう。リリスが憂う瞳を向けた。

サナトが小さく肩をすくめ、後ろを一瞥した。

急こう配の道を荒い息を吐いて付いてくるエティルに余裕はないようだ。

「八人だ。まるで暗殺部隊だな。余程エティルを心配しているのか、それとも――」

「ご主人様を警戒している？」

「俺だけじゃなく、リリスもだな。傍から見れば、高位の冒険者と力の無いギルド職員。もしエティルに何かあったときには後ろの八人が実力行使に出るんだろう。守る意味もあれば、こちらの実力を探る意味もある」

サナトは、どうするかと頭を悩ませる。

人目に触れないのであれば、素直に「実力が見たい」と言われれば構わないと思っているが、本来はタブーだ。

ギルド相手だとしても、冒険者が商売道具に等しい手の内を自分で明かすわけがない。

都合よく強敵が現れればいいのだが。

そう考えたサナトは、ランドスネークをリリスに倒させてしまったことを後悔した。リリスにとっては露払いをした程度だろうが、Ａ級の危険度のモンスターは惜しかった。

「モンスターを探してきましょうか？」

心中を読んだようなリリスの言葉にサナトは驚いた。一度は浮かんだアイデアだった。

だが、とかぶりを振る。

「ここで、リリスが俺の下を離れる理由が無い」

「はい……」

いないなら連れてくるという良い案だが、明らかに不自然だ。

しかし、しょげた様子のリリスを見ているうちに、サナトは「あっ」と気づいた。

それは追跡者を観察していた時に見逃していた事実だった。

「そうか……だから、か」

したり顔でつぶやいたサナトに「ご主人様？」とリリスが問いかけた。「何でもない」とサナトが答える。

どうやってサナトの力を知るのか。

森の奥に連れてきて絶好のタイミングで強敵が現れるだろうか。

危険なデポン山とはいえ、エティルと追跡者達が望む戦闘が都合よく起こるとは思えない。

気がつけば山を下り始めている。

日は傾き、西日が緑の斜面を紅く色づけている。鬱蒼とした森は徐々に開かれ、荒野との境が露わになってきていた。

「ここが力を見られる絶好の場所ということか」

サナトが口端をあげた。

視線の先には、希少獣である大型の黒狼トルドウルフが二匹、悠然と寝そべっていた。

――いないなら、作りだせば良い。

獰猛《どうもう》な猟犬のように瞳を尖《とが》らせたサナトは、人為的に生み出された腕試しの機会を前に、戦い方を模索し始めた。

第十六話　絶望の未来

黒狼トルドウルフは希少だ。

速度は図抜け、力も強い。だが、希少と言われる理由はそのドロップアイテムにある。巨狼は、殺すと純度の高い魔石を落とすのだ。

元々、デポン山の主と呼ばれていた狼は、気まぐれに人間が切り開いた山道に姿を見せては通行者を殺していた。

圧倒的な強さに加え、内臓だけをえり分けて喰うという残忍性を前に、人はトルドウルフを恐れ、生ける災害とまで言われた。

しかし、いつからか人が戦いの術《すべ》を身に付け徒党を組むようになると、一匹狼の巨狼は敗北を味わうことになる。

個は集団に勝てない。

そして、為す術なく殺された結果、ドロップアイテムの事実が人に知られたのだ。

ほどなくして、純度の高い魔石を求める強者による乱獲が始まり、巨狼は一気に住処をデポン山深部に追われることとなった。

「どうしてこんな開けたところに」

追いついたエティルが呆然とする。人目を恐れる巨狼が堂々と姿をさらしている事実を訝しく思ったのだろう。

サナトは素知らぬ風を装いながら、笑みを深めた。

これはギルドの仕掛け。

そう確信し、短く息を吐き出して、はやる気持ちをいったん落ち着かせる。

今後、圧倒的な力を持つサナトがギルドとうまく付き合うために必要なことが二つある。

一つ目は、ギルドに対して従順であることだ。

むやみに敵対し、危険人物と判断されれば、日常生活が面倒なものとなる恐れがある。それは望むところではないし、リリスを危険に晒す恐れもある。

二つ目は、従順でありつつも甘く見られないことだ。

『便利屋』と冒険者達に揶揄されているうちは良い。しかし、ギルドまでがそう認識した場合、サナトはただのギルドの手駒として使いつぶされる恐れがある。

「だからこそ、見せ方は重要なんだ」

サナトは誰にも聞こえない声でいう。

巨狼はその場で大地を踏みしめるように、艶々となびく黒い鬣《たてがみ》を揺らして身構えた。

瞳に恐れは皆無。出会ったからには殺さなければ。そんな敵愾心《てきがいしん》が透けて見える。

「おや？　人間もいるな」

「ギルドの方でしょうか」

隣に立つリリスと顔を見合わせた。

目の前のトルドウルフ二匹は、エティルの後ろを付いてきた者達が《召喚魔法》で産み出したものだとばかり思っていたが、予想外の第三者がいる。

山賊風の男だ。

肩口《かたぐち》がぼろぼろになった衣服を身に付け、皮の胸当てを備えている。

異様なのは武器だ。

腰に古びた剣。そして、手にしている明らかに魔法使い用と思しきロッドの水晶が、西日を受けてきらめいている。

考えを巡らすうちに、山すそから新たに二人の鎧姿の男が現れた。

山賊風の男はこちらを見ながら、近寄ってきた彼らに二言三言告げた。仲間だろう。

全員がにぃっと異質な笑みを張り付け、サナトと背後の二人を眺めている。

「サナトさん、下がりましょう」

背後で怯えるエティルを、サナトは「逃げても狼に追いつかれる」と一蹴する。

状況は変わったが、チャンスであることには間違いない。

全員が協力者で、エティルが演技をしている可能性も残っている。

サナトはリリスに「エティルを頼む」と告げ、ゆっくり歩を進めた。

「よう、運の悪い二人目の兄ちゃん。こんなところまでご苦労さん」

山賊風の男はトルドウルフの間を縫って前に出た。接近戦に自信があるのかもしれない。野太い声が風に乗る。

「なんのことだか分からんな」

サナトは軽く肩をすくめ「確か、トルドウルフの勝手な捕獲は禁じられていたはずだがな」と巨狼を一瞥する。

「こいつらについてはよく知らねえな」

にやにやと軽薄な笑みを浮かべた男の左右から、鎧姿の二人が抜剣して移動する。

黒狼は動かない。

表情を変えないサナトは、「人間が出てくるとは、ギルドの仕掛けじゃないのか」とつぶやきながら、山賊風の男に冷ややかな瞳を向けた。

「兄ちゃんも何を言ってるのか分からんな」

「正直、俺もよく分かってなくてな。一応聞くが、お前はギルド職員か？」

「はあ？」

「違うか……では質問を変えよう。ここで何をしている。見たところ、王国の人間かどうかも怪しいが。冒険者か？」

男はその質問に笑みを深めた。両側に陣取る二人に目配せで合図を出す。と同時に、「めんどくせえことだ」と吠えた。

鎧の二人が弾かれたようにサナトに向けて駆け出し――

即座に片側の男が胸から血しぶきをあげてどうっと倒れた。

逆から襲い掛かろうとしていた男が、慌てて足を急停止させる。驚愕に見開かれた目が、大きく揺れた。

「ガルン……おい――ぐっ」

地に伏す仲間に悲痛な呼びかけを行った男も、あっさりその場に崩れ落ちた。

鎧ごと真っ二つだ。

黄土と茶が混ざる地面に、黒い血潮があふれ出した。

「話の通じない輩だということは分かった」

サナトの冷めきった言葉に、男の表情がじわじわと恐怖に歪み始めた。

転がる二つの死体に目を向け、顔から血の気を引かせる。

「待ってくれ！　何かの勘違いだ。俺は別に悪いことはしちゃいねえ」

ようやく出た第一声は保身だった。打って変わって弱気な様子を見せる。

サナトは辟易しながらも問う。

「言い訳はいいから、知ってることを話せ」

「俺は……こ、ここでトルドウルフの生活をみ、見守っていたんだ。へへ……」

本音は話さないらしい。

引きつった愛想笑いを浮かべ、ぼそぼそと言い訳をする姿は滑稽《こっけい》だった。

(見守っていただけなら、なぜ俺を殺そうという話になるんだ)

無駄な問答を心に沈め、大きくため息をついた。生かしておくつもりは無くなっていた。

サナトは片腕を振るった。

大気を焦がす《白炎刀》が拳から伸びた。長大な白刃の先が、地面をゆっくりと焦がし、黒色へ変える。

立ち上る熱気が空気を揺らめかせた。

「本当だ……本当なんだ」

凶悪な刃に視線を縫い付けられた男の顔が、蒼白に塗り固められた。うわ言のように「嘘じゃない」を繰り返しながら、背後を気にしている。

方向は山のふもと。何かを待っているようだ。

サナトも釣られるように視線を向け、「なるほどな」と嘆息した。やれやれと失笑し、《白炎刀》を解除し、腕組みをした。

「ようやく信じてくれたか……本当なんだ。さっきのは、そう、ちょっとした勘違いで」

男が安堵の息を漏らした。

しかし、続けようとした言葉はサナトの「待ってやるよ」という一言に遮られる。

「待つ？」

男の声色が訝しむものに変わり、瞳に猜疑心が浮かぶ。

「待ってやると言ったんだ。心配しなくとも、頼みにしている『仲間』はもう数分でここに到着する。続きはそれからだ」

いずれ訪れる未来を先読みするようなサナトの言葉。

男はしばらく唖然とし、むっつりと押し黙った。

逃げることも、立ち向かうこともせず、ただ処刑の瞬間を待つ囚人のように、身を翻《ひるがえ》したサナトの背をじっと見つめていた。

そして数分後、馬を駆る一団がもうもうと煙をたてて、山麓《さんろく》に姿を現した。

第十七話　手札

「大勢を迎え撃つんですか!?」

エティルが護身用の剣を強く握りしめる。サナトの背後を窺う瞳はせわしなく揺れ動き、手が震えている。

刻一刻と迫る危険。戦う力を持たない彼女には絶望的な状況だ。

「少し話をしたが明らかに敵だ。この近辺で何かしているようだ。別にエティルに戦ってもらうつもりはない。今のうちに逃げてくれて構わない」

「そんな……」

エティルが目を見開いて反論する。

「サナトさんが強いのはよく分かりましたけど、どう考えても数の差があります。敵の強さも分かりませんし、トルドウルフがなぜ動かないのかも謎です。ここは撤退するべきです。それに――」

不安を瞳に乗せ、言い含めるように言う。

ギルド職員らしい分析だ。心配しつつも、現状をしっかりと把握できる才能。

サナトはエティルは優秀だなと感心する。

「私はお役に立てませんが……その……実は戦力はお二人だけではありません」

エティルの言葉が尻すぼみに小さくなる。

後ろの味方を言っているのだろう。依頼中は最後まで秘密にすべき内容に違いない。

罪悪感に苛《さいな》まれていることが表情で分かった。

だからこそ、サナトは戦力の話に触れず一笑に付《ふ》す。

「敵は叩ける時に完膚なきまでに叩く。どの世界でも同じことだ。悪いやつがわざわざ集まってくれる以上、この機会を利用しない手はない。リリスがいれば、エティルの心配も不要になるから動きやすい」

「え？　リリスさんを私に？」

エティルの顔から血の気が引いた。

「それではサナトさんが一人で戦うことになります！」

「最初からそのつもりだ」

サナトが微笑を浮かべて即答する。

エティルは慌ててリリスに顔を向けるが、少女は深く頷くだけだ。

表情には、焦りも恐れも存在しない。

エティルは心の底から驚愕する。

「で、でも……敵はおそらく帝国の人間。最近、たびたび国境を越えている者がいるという話を耳にしています」

「ほう、帝国か。外敵ならますます都合がいい」

「ですが、帝国の兵は強いと聞きます。一人が他国の一般兵の十人程度を相手にできるとか……」

「噂に尾ひれがついてるだけだ。同時に一人で十人も相手になどできないさ。それに、戦うのは俺だけじゃない。取りこぼしを防ぐ意味でもこいつらを使う。出てこい」

エティルのちょうど右隣の大木の陰から、誰かが足音なく姿を見せた。

「……この子達を？」

二人の白髪の子供がいた。

十歳程度の少年と少女だ。あどけなさが残る顔には、不気味な金色の瞳が煌々《こうこう》と輝いている。

上質な布をふんだんに使った襟のある半袖シャツに、膝上までのズボンを合わせた二人は、サナトに近づき膝をついて頭を垂れた。

呆気《あっけ》にとられるエティルを無視して、二人は甲高《かんだか》い声を揃えて言った。

「主よ、ご命令を」

「アミー、グレモリー、暴れてもらうぞ」

「御意」

サナトの唇が静かに笑みを描いた。

＊＊＊

ラードス帝国第三師団所属騎馬大隊中隊長。

それがイラドラという男の肩書であり、積み上げてきたすべてであった。

「なぜ俺がこんな屈辱的な仕事を」

憤りを漏らすイラドラは騎乗のまま後ろに続く兵を見た。目に留めたのは最後尾で二人乗りをする兵達だ。

手綱を引くのが直属の部下。そして、ローブを纏って後ろに座るのが今回の指令で嫌々連れている兵だ。合計で四人いる。

「とりあえず終わりました」

遅れて並走する副隊長のザダスが、浅黒い肌に玉の汗を浮かべて報告する。

労いの言葉をかけても良かったが、イラドラの中で燻《くすぶ》る怒りが、ぬるい考えだとばかりに吹き飛ばした。

代わりに吐き捨てるように言った。

「召喚隊など何の役にも立たんのにな」

「中隊長……聞こえますって。後ろにいるんですから」

慌てたザダスは声を潜めるが、怒る男はさらに大声で言い募る。

「あんな長ったらしい呪文を唱えなければ使えん兵など、戦場では不要だ」

言い放ったことで怒りは落ち着いたが、よく知る召喚隊の大隊長の顔が頭によぎり、即座に怒りが再燃した。

「……何が時代遅れだ」

「中隊長……」

手綱を血が出るほどに握りしめ、呪詛のようにつぶやくイラドラをザダスは痛ましそうに見つめた。

＊＊＊

事の発端はちょうどひと月前だ。

隊の宿舎で、候補者が減っている騎馬隊の戦力増強について、イラドラが頭を悩ませていた時だ。

大隊長であるグランの部下が呼びにきた。

気心の知れた仲間に、いつも通り「用件は？」と問いかけたが、返ってきた言葉は「直接話したいそうです」だった。

珍しく硬い表情を見せる仲間を訝しみつつ、即座に腰を上げた。

そして大隊長が告げたのだ。

「三日後にデポン山に召喚隊を連れて行ってくれ」

「おっしゃる意味が分かりませんが……召喚隊ですか？　第二師団管轄の？」

イラドラの当然の問いにグランは苦々しげに頷いた。

だが、それ以上の説明は無い。仕方なく食い下がった。

「説明をお願いいたします」

「君の同期がこの間、戦果をあげたことは知っているな」

「はい」

イラドラの瞳に敵愾心《てきがいしん》が灯る。

神聖ウィルネシア国と一戦交えたときの話だ。

並々ならぬ防御魔法を得意とするウィルネシア国に対し、ラードス帝国はいつも攻めあぐねる形で戦いを終わらせていた。

だが、その均衡が先日崩れた。

帝国の戦法を熟知するウィルネシア国に対し、第二師団に新たに設置された召喚隊が戦線を突破したのだ。

からめ手に状態異常。加えてモンスター特有の体格と俊敏さを活かし、様々なやり方で敵を翻弄《ほんろう》したのだ。

浮足立ったウィルネシア国に、第二師団主力の魔法隊が攻撃をしかけ、小競り合いながら何十年ぶりかの勝敗が付いたという話だ。

「その同期君が、召喚大隊長に昇進した話は？」

「もちろん存じています」

グランが「うむ」と頷き、机の引き出しから一枚のペーパーを取り出した。

一度握りつぶしたのか、皺が入っている。最下部には将軍のサイン。決定事項だ。

「目を通すことを許可する」

イラドラは唾《つば》を飲み込み、素早く目を走らせる。

読み進めるうちに、背筋が凍り付いていくのを実感した。瞬く間に干上がった口内からしゃがれた声を出した。

「騎馬隊を縮小して召喚隊を増員……本当ですか」

「先日の御前会議で決まったことだ」

他人事のように失笑するグランに、イラドラの怒りが灯る。

思わず刺々《とげとげ》しい口調で言い放った。

「これを大隊長は素直に受け入れたので」

「バカを言うな！」

老齢に差し掛かろうというグランが、両目を血走らせて机に拳を叩きつけた。歴戦の猛者の怒りがほとばしる。

イラドラは弾かれるように頭を下げた。

「申し訳ありません」

頭を下げ続けた。グランのことはよく知っている。騎馬隊一筋の経歴と一本気な性格。この男が己の隊の縮小を告げられて悔しくないわけがないのだ。

グランがふぅと長く細い息を吐いた。

「将軍がお決めになったことだ。致し方ない」

「将軍が騎馬隊を不要とおっしゃったのですか？」

「いや、第二師団長の熱弁に折れた形だ。召喚隊が功績を上げたタイミングで大隊長に昇進した同期君が、『騎馬隊は時代遅れの産物』と団内で声高に叫んだらしい。ありきたりの突撃作戦では多様化する戦場に対応できんのだとよ」

グランは無表情でとうとうと語る。

イラドラは同期の顔に脳内で唾を吐きかけ、硬い声で尋ねる。

「では、デポン山に召喚隊を連れていけというのは」

「あの『飼い主』共は、モンスターを捕まえて隷属させねば兵の数が増やせんのだとさ。護衛にうちを指名したのも同期君らしいがな」

『飼い主』とは、軍内部で召喚兵を侮蔑《ぶべつ》する言葉だ。グランがこれでもかと皮肉に口端を歪めた。

イラドラはようやく理解した。

縮小が決まっている隊に未来のある隊の世話を焼かせようというのだ。輪をかけてひどいことに、デポン山はディーランド王国の領土内だ。

密かに領土侵犯をしつつ、モンスターを捕まえる手伝いをしながら召喚隊を育てろ、と。

それは騎馬隊の仕事でも何でもない。

王国に見つかれば即座に批判を受けるのは目に見えている。そうなれば国家間の責任問題だ。そしてその時にはきっと、召喚隊ではなく騎馬隊が誹《そし》りを受ける。

とんでもない結末に、目の前が暗転した。

「連れていけと指示された『飼い主』は有能な者四名。こいつらにはトルドウルフをあてがいたいんだそうだ」

「トルドウルフ……」

イラドラが絞り出すようにつぶやいた。

「まったく無茶を言ってくれるものだ。殺すならともかく、あれを弱らせて隷属など」

グランが腹を揺すって立ち上がった。

瞳には冷酷《れいこく》な輝きが灯っている。

「頼んだぞ」

有無《うむ》を言わせない言葉がイラドラに投げられた。

怒るべきなのか嘆くべきなのか。混乱する思考に足元がおぼつかず、よろよろと立ち上がって部屋を出ようとした。

世間話でもするようにグランが言った。視線は窓の外に向いたままだ。

「イラドラよ。有能な『飼い主』を失わないよう、くれぐれも事故が無いようにな」

第十八話　蹂躙

イラドラは頭を悩ませる。

グランから暗に指示されたのは四人の『飼い主』の始末だ。事故を装って消せ、という。

これは非常に難しい。

副隊長のザダスには伝えたものの、優秀な彼が実行できない時点で失敗だ。『飼い主』も事故対策は言い含められているはずだ。

イラドラは顎《あご》をしゃくってザダスを呼んだ。

「やはり離れんか」

「色々と手は打ちましたが、『一団として動くよう指示されている』の一点張りです」

ザダスの顔が曇る。

「中隊長、諦めた方が良いのではないでしょうか。これ以上は不自然すぎます。最悪、叛意《はんい》と受け取られる可能性も――」

「分かっている」

全員を始末しろとは言われていない。帰国するまでの間に何とか一人だけでも。

そう考えつつ、道案内に雇った山賊の下へ戻ってきた時だ。

先頭を駆けていたイラドラは不穏な空気を感じ取った。

合流ポイントとした場所に、山賊と隷属させたトルドウルフの二匹しか見当たらない。

余計なことをしでかさないよう付けた見張りの姿が無い。

どこかで油を売っているのか。

イラドラは荒々しく下馬すると、内心の怒りを抑え込んで山賊に声をかけた。

「おい、お前」

肩に手をかけた。

名前は知らない。報告では聞いたはずだが記憶になかった。

どうせ後で始末する人間だ。

佇む巨狼をちらりと見上げながら「ここにいた二人はどこだ」と尋ねようとし、振り返った顔を見て息を呑んだ。

山賊は恐怖を顔に張り付けていた。虚ろな目がぼんやりとイラドラに向いた。
「何があった」
異変を感じたイラドラは気持ちを切り替えて尋ねた。
「助かった」と山賊が干からびた声をあげた。
素早く周囲を確認する。
部下の二人が離れた場所で倒れていた。しかも一人は体を真っ二つにされている。
隊の中では最下級の兵士だが、鎧ごと切断されたという事実に警戒心が高まった。
(風魔法の類か)
そう推測し、犯人を一瞥する。
黒髪の男が無表情で見つめていた。
隣には顔立ちの似た二人の子供。そして非常に美しい少女と素人にしか見えない女。
争いに至った理由は容易に理解したが、問題はそこではない。
(こいつ、強いな)
強者特有の雰囲気がある。
イラドラは目を細める。
「貴様がやったのか」
「突然襲われたんでな」

男は気負う様子なく言った。

再び死体を横目で確認する。大きく争った形跡はない。一撃で殺されたようだ。

しかし、鎧ごと真っ二つにする芸当は、子供はもちろん、女二人にも到底無理な話だ。

(こいつは使えるな)

イラドラは酷薄な笑みを顔に張り付けた。背後を振り返って部下を呼び『飼い主』達を連れて来させる。

「ぜひ召喚隊の力を見せてもらいたい」

イラドラは場を整えてやったとばかりに四人を押し出した。

うんざりした顔の『飼い主』の一人が振り返る。

「僕達を護衛するのがあなたの役目でしょう。命令権はないはずです」

イラドラはオーバーに肩をすくめた。

「我々は十分に任務を果たした。それにトルドウルフを手中にした君達は、あんな冒険者共におくれを取ることはありえまい。子供と女と男一人。少しは労働で返してくれてもいいだろう。我が部下は君達のために犠牲になったんだ」

イラドラは有無を言わせず踵を返した。

背後で『飼い主』の舌打ちが耳に届いたが、無視して騎馬隊を下がらせる。

「さっさと始めてくれ。我々の目撃者がこれ以上増えると面倒だ。言っておくが逃がすなよ」

他人事のように告げて、イラドラは腕を組んだ。ザダスの「やりましたね」という言葉を胸がすく思いで受け止めた。

トルドウルフ四匹と『飼い主』四人に対し、戦える冒険者は男と少女の二人だろう。

こちらの勝ちは揺るぎないが、以前始末したパーティと違って一人くらいは『飼い主』を消してくれるだろう。

イラドラは戦果を期待して、薄笑いを浮かべた。

＊＊＊

「譲り合いは終わりかな？」

薄鈍色のローブに身を包んだ男が、やおら歩を進めた。

気負いのない動きに、イラドラは内心で首を傾げた。

これだけの人数を相手にすれば、冒険者パーティに勝ち目はない。多様な攻撃手段を有していようが、数の暴力にはかなうはずがないのだ。

まして、自分達は鍛えられた兵だ。

召喚済みのトルドウルフ二匹と、たった今、呪文詠唱を終えて呼び出した二匹の計四匹を前に、逆転可能な要素はない。

Ａ級のモンスターの名は伊達《だて》ではないのだ。

「本気か……」

イラドラは目を見開いた。

強く威嚇するトルドウルフに近づくのは男一人だ。

自殺願望でもあるのでは――

そう考えた時だ。

「は？」

『飼い主』の一人が異常な光景に声をあげた。

ごとりと重い音を響かせて、巨狼の首が落ちた。黒く雄々しい鬣を残した胴体が、真っ赤な血を一斉に吐き出した。

大地がみるみる黒く染まっていく。

「え？」

続いて聞こえたのは誰の声だろうか。

呆気にとられる『飼い主』も、どす黒い血を噴き出した。目を見開いたままの頭部が宙を舞い、残された胴体がどうっと倒れた。

「これで一人」

男の冷ややかな声に、残った『飼い主』達が浮足立った。

場で尻もちをついた者と、慌てて距離を取り「やれっ！」とトルドウルフに指示を出した者。

どちらの対応が正解だったのか分からない。

結果は変わらなかった。

一人は頭部を失って絶命し、もう一人は飛び退くと同時に命を刈り取られた。

「そんな……」

何もできずに固唾を飲んだ最後の『飼い主』が、虚しい一言を残して崩れた。失った頭部を探して両手が虚空をさまよっている。

三匹のトルドウルフが遅れて煙のように消えた。

「な、なにが起こったんだ……」

背後でザダスの震える声が聞こえた。

イラドラは我に返って声を張り上げ、即座に愛刀を抜いた。

「全員構えろ！　隊列を組め！　こいつは普通じゃない！」

イラドラは強張る足を無理やり動かし、凍り付いたように動かない腕で剣を構える。

見えなかった。何も見えなかった。呪文も、魔法も、何一つなかった。

しかも男はまだその場から動いていない。

なのに、四人の人間の首が飛んだのだ。

思考が散り散りになってまとまらなかった。

「アミー、グレモリー、あとは頼む。逃がさないようにな」

「御意」

男の冷めた声が恐怖をかきたてた。

アミーとは誰だ。グレモリーとはその子供か。

ゆっくり背を向けた男とは対照的に、顔立ちの似た二人の子供が同じ無表情を張り付けたまま近づいてくる。

怖い。

心の底に湧きあがる根源的な恐ろしさが胸を鷲掴みにした。

無表情だった少年の顔に薄気味悪い笑みが浮かんでいく。

嗤っているのだ。

目を背けると、隣の少女の視線を感じた。不気味な金色の双眸が舐めるように動いている。

イラドラ、ザダス、そして部下の順だ。

「来るなっ！」

イラドラは声を絞り出した。揺れる剣先を子供に向けた。

だが遅かった。

ふと気づいた時には、見慣れた腕が宙を舞っていたのだ。

――俺の手だ。

時間を引き延ばしたような感覚の中で、ぼんやりとそう理解した。と、左腕が灼熱のごとき熱さに襲われた。

急激に体温が引いた。

恐る恐る目をやると、あるべきはずのものがそこになかった。

「ぁぁぁあっっっ!!」

血を噴き出す肘の下で、白髪を真っ赤に染め上げた少年が座っていた。らんらんと輝く金の瞳が、嬉しそうに細まった。

イラドラは激痛を忘れて恐怖に顔を歪めた。

「助けてくれっ!」

悲痛な叫び声をあげて逃げようとしたイラドラは息を呑んだ。

歴戦を共にした部下達が地に伏していた。

腕の無い者、頭部の無い者。足を失った者。体に穴をあけられた者。

体のパーツが至る所に散乱している。

二人の子供は武器を手にしていない。目の前の現象がまったく理解できなかった。

「ザダス……」

意識が今にも遠のきそうだ。噴き出す血を押さえることを忘れ、頼りにしていた部下の名を呆然と呼んだ。

浅黒い肌の副隊長は、上半身を炭に変えていた。

イラドラはザダスの変わり果てた姿を見つめた。光を失った真っ黒な瞳は二度と動かなかった。

「その人おいしそう」

ザダスの陰から、少女が顔を出した。口元はにんまりと歪み、左手は肩までべったりと血液が付着していた。

イラドラはごくりと息を呑む音を聞いた。

得体の知れない猛獣が舌なめずりをしているかのようだ。

「今日のメインディッシュかしら。この人何度か死んでるわね。剥がれやすそうでいい感じ」

「主様に確認してからね。半分ずつだよ」

イラドラは、最期に子供の弾んだ声を聞いた。

意味は考えたくなかった。

第十九話　終幕

「無事に撃退できて良かった」

「全滅……うそ……」

エティルは信じられない事態に、荒々しく波打つ鼓動の音を聞きながら、震える声で尋ねる。

「あの子供達は、どうやって敵を倒したんですか……」

「見ての通りだ。あの二人は素手で人間を切り裂く力を持っているからな」

嘘だ。

エティルはその一言を呑み込み、横目で状況を窺う。

死屍累々《ししるいるい》の無残な死体達。

一人なら何とかなるだろう。子供がずば抜けた高レベルで、相手の大人が低レベルならば、こういう殺し方も可能かもしれない。

しかし、敵は集団だ。

いくら子供二人が強いからと言って、不可能だろう。一人を切り裂くうちに、別の兵の攻撃を受けるはずだ。

「あの子達のレベルを見せてもらえませんか」

エティルは硬い声で言い、死体に片手を当てて笑みを浮かべる子供に近づこうとした。

しかし、ゆっくりと体の前に下りた左腕がそれを阻む。

「あの二人は切り札だ。どうしてもというなら考えるが、できればやめてほしい。それに……あまり近づくと目をつけられるかもしれんぞ」

サナトが苦笑しながら言う。

（目をつけられる？）

エティルは首を傾げつつ、二人の子供をまじまじと見つめる。

リーダー格と思われる男の死体を挟んで、互いに何かを話していた。死体に対する嫌悪《けんお》や恐怖をまったく感じさせない。

「あの二人は……なにをしているんですか？」

「さあな。俺にも分からんよ」

サナトは「さてと」と首を鳴らして腕をあげた。人差し指が、惨劇の合間に転がる魔法使い用の水晶のロッドに向いた。

「おそらくだが、あれが行方不明になったパーティの誰かが使っていた武器ってところだ。最初に聞いていた大きめの水晶ってやつが付いている」

「……かもしれませんね」

「やつらがここでトルドウルフを探していたのなら、遭遇したのは間違いないだろう」

サナトが「残念なことだが」と言葉をにごす。

エティルは無言で首を縦に振った。

「まだ見つかっていないが、夜も捜索を続けるか？」

「いえ、あのロッドだけでも十分な成果だと思うので。それに……帝国が何かをやっていたことは早々に報告しないと」

「そうか」

サナトは小さく頷くと、陽が落ちかけた空を見上げた。しんと静まった冷たい空気が周囲に流れていた。

「それなら、俺達はここで別れるか。エティルも俺達より後ろの仲間に守ってもらう方がいいだろ。人数も多いようだし、夜のデポン山を越えるには安全だ」

サナトは一方的に告げ、森の中を一瞥してため息をつくと、二人の子供を手招きで呼んだ。そして、くるりと身を翻し森に入っていく。

心配そうにサナトを見つめながら、リリスが続いた。

＊＊＊

数分後。

森を眺めていたエティルの前に、ざっと音を立てて八人の人間が姿を見せた。

一際大きな体の男が仮面を外し、素顔を晒す。野太い声が飛んだ。

「大丈夫か？　顔色が悪いぞ」

「ワズロフ隊長だって真っ青ですよ」

心配そうに眉根を寄せたワズロフに、エティルが言葉を返す。

彼はギルドの暗部に所属する人間だ。

ギルドとは綺麗ごとばかりではない。集団であるからには、揉めごともあれば争いもある。中にはギルドの名を著《いちじる》しく貶《おとし》める冒険者も現れる。

それらの始末、調査、尾行。いわば闇に葬《ほうむ》るべき事件にあたる、専門職に就いている。

「エティルを置いていったということは、俺達の存在を知られたか？」

「帝国軍と対峙する前に、私がばらしてしまったんです。暗部の戦力を計算に入れて逃げようと……すみません」

エティルが深々と頭を下げた。

「勝手な判断を……」

「本当にすみません。でも、結果的にその必要はありませんでした」

ワズロフが腕組みをして深く唸る。横目で戦場を眺めて、難しい表情を作る。

「遠目には見ていたが、未だに信じられん」

「はい……」

「この戦果をレベル8の男と子供二人で……」

エティルが「しかもリリスさんは手を出していません」と補足しながら、拾ってきた遺品のロッドを眺める。

「エティルはあの子供二人にはどういった印象をもった？」

「分かりません。考える時間もなかったので……」

ワズロフが「確かに」とつぶやいて顔をしかめた。

「いずれにしろ、もう試験は十分だな。戦えるのはレベル65の魔人だろうと高をくくっている者もいたが、今の戦いを見せられては考えを改めるほかないだろう」

「はい。リリスさんに、異質な子供が二人」

「そして、そいつらを引きつれるレベル8の親玉、いやリーダーか」

エティルが顔を強張らせる。

トルドウルフや帝国兵を一瞬のうちに始末した光景が脳裏に残っていた。

サナトのレベルはあてにならない。

書類上で分かっていた事実が、現実味を帯びて重く肩にのしかかってくるようだ。

「念のため連れてきた《召喚》スキル持ちは必要なくなったか……今日のことはきっちりと報告せんと。よし、ではエティルもさっさと帰るぞ。おいっ、誰かエティルを背負ってやれ」

ワズロフが仮面を身に付け、深い森の中に歩を進めた。

誰もが、その場に他の人間はいないと思いこんでいた。

第二十話　結果

「——とのことです、主様」

エティルとワズロフの遥か頭上。

サナトは《光輝の盾》を空に固定し、《時空魔法》を用いてその上に移動していた。

あぐらをかく彼の右後方で、直立不動の姿勢を維持するグレモリーが、淡々と交わされた話を報告した。

グレモリーの聴力にかかれば、この程度の距離は問題ないようだ。

金色の瞳が輝き、青が混じった深い白色の短髪が、風にさらさらと溶けるように流れる。

男らしさよりもかわいらしさ。

十歳程度に見える顔つきはあどけない。純真無垢と言われれば誰もが頷くだろう。

白いシャツにサスペンダーを備えた黒い半ズボン。

表情は満足気に笑みを象り、薄い胸には自信が満ちている。

言葉を引き継ぎ、もう一人が声をあげた。

「すべて主様のご計画どおりですわ。私達も良い仕事をいたしました」

グレモリーより明るめのウェーブのかかった白髪をかき上げながら、アミーが「ふふん」と胸を張った。

新鮮な魂を口にできたのがよほど嬉しかったのか、「おこぼれをいただけて嬉しいわ」とつぶやきつつ、真下を見ている。

黄土色のキュロット、襟のある半そでシャツに黒いリボン。

幼い顔立ちに金色の瞳。淑女を思わせる振る舞いは、身分の高さを感じさせる。

「グレモリーもそう思うでしょ？　あなたの巻き添えをくらって死んだ時はどうなるかと思ったけれど、主様のようなお優しい方ならば、アミーは召喚も大歓迎ですわ」

「だよね。主様の魔法が飛んできたときのことといったら……思い出しただけで背筋が凍るよ。でもおかげで、こんなにおいしい思いができるなら歓迎さ」

上機嫌なアミーの台詞に、グレモリーが口笛を鳴らす。

二人は、眉根を寄せるリリスを一瞥してから、サナトの隣に近寄った。

顔を覗き込むように腰を折る。

「これが……いい仕事か」

サナトが二人を睨む。口元は皮肉に歪んでいる。

グレモリーがびくりと体を強張らせる。主の不穏な気配に笑みを引っ込め、無言で明後日の方向を向いて目を泳がせた。

アミーはまだ気づかない。

「そんなに喜んでいただけるなんて悪魔冥利につきますわ」

座り込むサナトに身を摺り寄せるように膝をつき、艶っぽい唇に指を当て「お役に立てて光栄です」と耳打ちをする。

リリスの切れ長の瞳が吊り上がり、剣の柄に手が伸びた。

だが、サナトが軽く手を上げて制する。

「アミー、俺が出した指示を覚えているか」

「もちろんですわ。『過度に残虐にならないよう注意しつつ、力を見せつけろ』。忘れるはずありませんわ」

アミーが笑みを浮かべ、すらすらと答えた。

サナトの肩ががっくりと落ちる。虚ろな瞳が悪魔に向いた。

「あれは残虐ではないと、そういうことか」

「ええ、もちろんですわ。……あら？　残虐でしたか？」

サナトはきょとんと首を傾げたアミーから視線を外し、無言を貫くグレモリーに聞く。

「お前はどうだ？　下に広がるあの死体の山をどう思う」

「えっと……人間にはよくある死に方だと思います」

「ないから」

「え？」

サナトは不愉快さをぐっと我慢し、重たい吐息と共に言った。

「あのな……人間はそんなに簡単にバラバラにならない生き物なんだ」

「そうなんですの？　けれど、とても脆《もろ》かったですわ」

飄々《ひょうひょう》としたアミーの言葉に、サナトは唇の端に半分笑いを浮かべて言う。

もちろん目は笑っていない。

「それはお前達、悪魔の力が桁外れだからだ。同レベルなら絶対にあんな戦い方は無理だ。武器も無しに、素手で相手の体を引きちぎれる化け物がどこにいる」

「ですが、主様も同じことができるのでは？」

「俺を基準に考えるな。普通はできん。せめて武器や魔法を使っていれば何かの達人だと言い逃れできたのだが、素手ではな……あれではギルドの人間は怪物に襲われたようにしか見えんだろう」

サナトが疲れた口調で言い切る。

アミーが「そうなのね」と悲し気にため息を漏らし、グレモリーと目を合わせると、揃って頭を下げた。

しばらくそうして、ゆっくりと上がった顔には様子を窺う色があった。

「意図せぬこととはいえ、主様にご迷惑をおかけしたのですね」

「いや、俺の指示の出し方も悪かった。お前達の力を過小評価しすぎていた。同レベルのリリスがいるから、余計に麻痺《まひ》していたんだろう」

サナトは肩を落として続ける。

「普通の人間に悪魔をぶつけると、こうなるのだな。姿形だけを似せてもダメなのだと、骨身に沁《し》みた」

腕組みをしたサナトは、「バールにやらせていたなら」という言葉をぐっと呑み込んだ。

アミーとグレモリーを召喚する時に、すでに注意されたことだ。

――二人はまだ若いので、扱いには十分にご注意を。

バールが今、どこで何をしているかは知らないが、こうなることを予測していたのかもしれない。

「問題はこれからだが、《悪魔召喚》は解除する」

グレモリーとアミーが揃って凍り付いた。狼狽《ろうばい》した様子で言う。

「何とぞ挽回のチャンスを。このままではウェリネ様とロキエル様にも顔向けできません」

「心配しなくとも今後呼ばないというわけじゃない。ただその前に、お前達は人間の常識を学ぶ必要がある。そうでなければ怖くて使えん」

二人が深々と頭を下げた。承諾の意味だろう。

「《悪魔召喚》解除」

サナトが告げると、子供の姿は溶けるように消えた。

「ご主人様、顔色が悪いようですが大丈夫ですか？　やはり私が戦った方が……」

後ろに両手をついたサナトに、リリスが控えめに近づいた。

憂いを帯びたアメジストのような瞳が見つめる。

「リリスなら俺の思いをくみ取ってくれただろうが、これは最初に決めていたことだ。どこかで二人の力は確認しておく必要があった。レベル60後半の、強者の力をな。それにしても予想以上だったぞ」

「あの腕力のことですか？」

「腕力もだが《時間停止》の方もだ。呪文を唱えながら、二人で殺す役と時間を止める役を交替しながら戦うとは思ってもいなかった」

リリスが真剣な瞳で頷きながら、「恐ろしい技でした」と賛同する。

と同時に、白い光の靄《もや》が人間のような形を象った。

ルーティアだ。

腰に手を当てた彼女は、手でひさしを作って見おろし、「うわあ」と顔をしかめた。

「ほんっとひどい光景ね。悪魔は容赦ないんだから」

「まったくだ。しかも素手でやってしまったのがひどい。ほとんど見えていないだろうが、これではエティルに言い訳ができん」

サナトは片手をこめかみに当て、重い息を吐く。

「異質すぎる者は世間から弾き出される……そう自分で言っていたのに。ギルドにどんな報告がいくのか恐ろしいな。護衛のやつらもあれを見た以上は震えあがったはずだ」

「でも仕方ないじゃん。マスターもがんばってるんだし、たまに失敗くらいするって。私は別に指示も悪くなかったと思うけどなあ。あの二人が帝国の人達よりすごく強かったってだけでしょ」

「だとしても、だ。その雇い主は俺だ。まとめて同類扱いされるに違いない。危険視されて追放とかしゃれにならんぞ」

ため息が冷えた空気にゆっくりと溶けた。

リリスが膝を折って「ご主人様」と顔を近づけた。そっと告げるように言う。

「私はご主人様が追放されたとしてもずっとお側におります。力不足かもしれませんが、一緒に連れていってください。それにルーティアさんもいます」

「そうだよ。私だってマスターと一緒なんだから。それにそうなったらまた考えようよ。先の話なんて……誰にも分からないんだから」

サナトが小さく頷き、ゆっくりと視線を水平に向けた。

たっぷりと時間をかけ、「二人の言う通りだな」と言った顔には微笑が浮かんでいた。

「今までうまく行き過ぎていただけに、一つの失敗を心配しすぎているかもな。確かに俺には二人がついている。力を見せるってことは失敗してないしな」

その言葉に、リリスとルーティアが優しく微笑んだ。

サナトが二人の顔を順に眺め、「よし」と立ち上がった。

「早い段階で、悪魔二人の力を確認できたことに喜んでおくとするか。だが、おそらくはギルドに何らかの動きがあるはず。二人ともその時は頼むぞ」

「はい！」

「任せて」

第二十一話　報告と勧誘

エティルはノックの後、重厚な扉を押した。

滑るように扉が奥へと開くと、古い書物の香りと、かすかな葉巻の匂いが鼻孔を刺激した。

ここは王都ヴァルコットのギルドマスターの部屋だ。

三方には背の高い本棚がある。

これでもかと本を押し込まれた棚は側板がたわんでいる。溢れ返った本はその手前にどさりと積まれている。

この中からどうやって必要な情報を探すのか。

エティルはいつも疑問に思う。紙をめくるだけでも時間がかかるはずだ。

(まさか全部記憶しているのでは?)

疑問が浮かんだものの、それはないと心中で一笑に付した。

ギルドマスターのダレースは博識で有名だが、さすがに難しいはずだ。

「報告に参りました」

「ご苦労さん」

執務机から顔を上げたダレースは、眼窩《がんか》にはめた片眼鏡を外して、シャツの胸ポケットに滑り込ませた。

刈り上げた白髪を逆立てた彼は、分厚い手に不釣り合いの薄い紙を机の端に放り投げ、こめかみを揉みほぐした。

革張りの椅子をぎぃっと鳴らし、天井を見上げて言った。

「歳を取ると書類仕事が一番しんどいな」

ダレースは苦笑いしながら紙束の上に片手を載せた。太い腕が机の天板でどんと音を立てた。

エティルが扉の前で直立したまま、書類の束にちらりと視線を向けた。

「こいつは暗部の連中に一人ずつ書かせた報告書だ。まあ報告というより、感想文に近い代物だがな。だいたいは把握した」

ダレースが「お前も座れ」と、執務机の前に設けたソファを指さした。

真新しいソファだ。記憶にあるものとは色が違う。

指示された通り、ゆっくりと腰かける。

「昨晩は眠れたのか？」

エティルが腰を下ろしたのを見届け、先に座っていた同僚が声をかけた。

ワズロフだ。

上品なシャツに細身のパンツ姿の彼は、どこから見ても身なりの良い普通の青年だ。日々危険な仕事に追われている暗部とは思えない。

エティルは首を横に振った。

「まあ昨日の光景を見て寝られるとは思えなかったが、案の定ってところか」

「隊長は眠れたんですか？」

「いいや、俺も似たようなもんだ。ギルマスから報告書をせかされたし、目も冴えてしまってな」

ワズロフが恨みがましい瞳を対面に座る男に向けた。

そして、「至急だと言っただろ」というにべもない返しに、ため息をついた。

「隊員全員分を集めろとは言われてませんでしたよ」

「それはお前らを送り出してから思いついたからな。事情が事情だ。一人より全員に報告させた方が情報の確実性が上がる」

「おかげで朝方まで起きてたんですが」

「俺はその後、かすむ眼に鞭を打って暗がりで読んだ」

抗議が意味をなさないと知って肩をすくめたワズロフは、「で、ギルマスの結論はどうなんです？」と話を進める。

「その前に、エティルの意見を聞こうか」

「私の？」

驚きに目を丸くしたエティルにダレースが言う。

「戦闘員じゃない者の意見は貴重だ。ワズロフや暗部は強者の目。お前は観察の目だ。人となり、性格、印象。なんでも構わない。文字におこせない何かを教えてくれ。一晩たっぷり考えただろ」

ダレースが目を細める。

エティルがしばらく考え「分かりました」と姿勢を正した。

「……普通の人。あまり冒険者らしくない人です」

エティルは「あっ、もちろんサナトさんのことです」と慌てて付け加え、思い出すように虚空に視線を向ける。

「移動中も私に気を配って、守ってくれて。でも戦いになると恐ろしいほどに怖い人。殺すことを躊躇せず、はっきりと敵と味方を分けています」

ダレースが探るように問いかける。

「どんな技を使っていた」

「見たこともない目で捉えられない技でした。拳に刃物のような武器を纏っていました。魔法……だと思うんですけど、呪文も無いですし、見たことはありません。それに私は結局それを振るったところを一度も見ていません」

「移動速度が速すぎるのか」

エティルがゆっくりと首を振った。

「直感ですけど、おそらく違います。あれはもっと違う何かです」

「ステータスを考えれば不可能だしな」

「トルドウルフを一撃で倒しましたし、あの人に限ってはステータスを考えない方がいいかもしれません。レベルを無視したと思える途方もない強さです。ただ――」

明瞭に話していたエティルが迷うように視線を泳がせた。

ダレースが声を和らげ、「ただ？」とオウム返しに尋ねた。

「勝手な思い込みかもしれませんけど、強さを考えると、サナトさんの性格はおかしいです」

「おかしい？」

エティルがはっきりと首を縦に振った。

「はっきり言えば、トルドウルフ四匹と帝国兵四人を無傷で殺せる人間なんていません。それほどの強さを持つ人が、あんなに普通の性格であるはずがないんです」

「なるほど……」

ダレースが太い腕を組む。

「つまり、強い人間ほど、どこか歪んでいるはずだと」

「はい。すごい才能があって、サナトさんレベルになれたとしても、仮にあそこまでになるには死ぬほどの鍛錬と長い時間が必要です。強さに対する執念みたいなものが無ければ無理です。逆に、あり得ない話ですけど、最初からあの強さだったなら、必ず舞い上がってしまうはずです」

「元剣士ならではの観察か。当然だな……高飛車な人間になることは間違いないだろう」

ダレースがうなずき、ワズロフが「確かに」と考え込む。

「でも、サナトさんは普通なんです。かといって誰にでも優しさを見せるわけじゃない。なんというか……酒場の店員が、ある日目覚めたら強者になっていたような……そんなちぐはぐな雰囲気を感じてしまうんです」

エティルが黒髪の男の姿を脳裏に浮かべながら、視線を落とした。

確信に近いものが心の奥底に居座っていた。

＊＊＊

「まあ、言いたいことは分かった」

考えを巡らすダレースに、ワズロフが問いかける。

「ギルマスも同意見ですか？」

「概ね、な。もう少し優しい殺し方をすると思っていたこと以外は、以前話をした時の印象そのままといったところか。他の暗部の感想も似たようなものだ。ただ……二人の子供の件が判断を悩ませるな」

ダレースが立ち上がり、報告書の束を片手に戻ってくる。

「全員一致で、異常。とても子供とは思えないとのことだ。エティル、やつらのレベルは見えたか？」

「サナトさんに止められました。真意は分かりませんが、暗に危険だと」

「事情があって我々にも秘密にしておきたい連中というわけか。二人のサナトへの態度は？」

深い英知を感じさせる青い瞳が、エティルを射抜く。

「従順……な様子だったと思います」

「いや、確かに命令に膝をついていましたよ」

ワズロフが補足した。

「となると、桁外れに強いが、対等よりはサナトへの従属に近い関係か。ならば、是非もないな。『白炎の灰』の待遇は現状から一段格上げだ。子供の件が無ければ完全にギルド側に引き込みたかったが……」

悩むダレースにワズロフが口元を歪めて言う。それはギルマスとしての口癖を真似たものだった。

「『制御の利く強者は欲しい』でしたか？」

「その通りだ」

「皮肉です」

「知っている。しかし、それが真理だ。組織は身勝手な連中だけでは回らんからな。国との力関係もある。どうだワズロフ、それが分かるようなら俺の右腕になれるぞ」

「よしてくださいよ」

ワズロフがひらひらと手を振り、「事務仕事は務まりません」とつぶやきながら顔をしかめた。

ダレースが小さく口角を上げ、すぐに真顔に戻った。

そして、無言で立ち上がると、執務机から開封済みの封書を持ってきた。

「……これは？」

この国に住む者ならば、知らない者はいない紋章が封蝋印に使用されている。

盾紋の中に一角のユニコーン。

魔法の名家と名高いフェイト家の紋章だ。

亡ノトエア国王が作り上げたとされる護軍。その軍門に代々エリートを輩出し続ける家系がフェイト家だ。

絶大な力を持つという家が何の用でギルドに手紙を。

そんな疑問が顔に出ていたのだろう。ダレースは苦々し気に言った。

「良識のある桁外れの強者は、ギルドも名家も喉から手が出るほどに欲しいということだ。まったく……どこで情報を掴んだのやら。こうなる前に手を打ちたかったのに。検討時間が裏目に出たな」

「ギルマス、手紙は『白炎の灰』に関するものなんですか？」

ワズロフの問いに、ダレースが微妙な顔を見せる。

「そいつはサナト個人宛てだが似たようなものだ。一言で言えば、フェイト家に招待したいんだと」

「あのフェイト家にですか⁉」

あまりの事実に、エティルが目を白黒させる。

冒険者が名家に個人的に呼び出されることなどありえない話だ。

ダレースが舌打ちを鳴らして、封書の中身を広げた。

「しかも差出人はアースロンド将軍のご令嬢だ」

「また大物が出てきましたね。ご令嬢の名前は確か……」

鋭い視線を向けたワズロフに、ダレースが「そうだ」と頷いて言う。

「アズリー。フェイト＝アズリーだ。この間まで、身分を隠してうちに所属していた冒険者。名を上げ始めたサナトと一度話をさせろということだが、魂胆は見え透いている。おそらくは――」

「自分の懐に引き込むつもりでしょうね」

「そういうことだ。ギルド所属だからと橋渡し役を依頼するという体裁を整えているが、実質は命令に近いものだ」

肩をすくめたダレースは、鼻をすんと鳴らす。

「まさか、こんなに早いとは予想してなかった。アズリー嬢は情報収集をしていたんだろうな」

「受けるんですか？」

「仕方あるまい。フェイト家はまずい。あそこは敵に回すわけにはいかん」

「ギルマスって大変そうですね」

「そう思うなら、少しは手伝え」

「暗部としてさらに尽力しますよ」

「まったく……」

苦笑いを浮かべる二人をよそに、エティルは衝撃の事実をゆっくりと反芻していた。

――フェイト＝アズリー。『家名持ち』の名家の令嬢。

「どこでサナトさんを……」

独り言が耳奥に残った。

第二十二話　傷を癒す者

――数時間前。

拠点とする宿のベッドで、サナトは何度目かの寝返りを打った。

夜の曇り空から、薄青い月光が差し込み、小さめの窓ガラスを抜けて室内をぼんやり染める。

重たい瞼を開き、窓から見える暗い空に視線を向けた。

「嫌になるな」

ため息と共に、天井に拳を突き出した。

何人もの人間を葬った手だ。

そこには確かに敵を切り裂いた感触が残っていた。

瞼を閉じれば網膜に今日の映像が焼き付いている。

胸を貫いた者。

頭部を切り飛ばした者。

最初の兵に加え、トルドウルフ四匹と召喚兵四人。

心を押し殺し、苦しめないようにと全員を一刀で切り捨てた。

《白炎刀》の切れ味は凄まじい。普通の武器と違って痛みが無いために、遠慮もいらない。

しかし、初めて振るった人間への近接攻撃は、想像以上に心にダメージを与えていた。

「許せよ。俺は二度と奪われるわけにはいかないんだ」

静かに懺悔を口にした。

無慈悲な世界で負けるわけにはいかない。負けとは即ち死ぬことだ。

目の前に浮かび上がった初対面だった者達の顔には、嘲笑が浮かんでいる。

「いや違う……」

振り払うように首を振った。

召喚兵達は全員が恐怖に引きつった顔を浮かべていたはずだ。誰もサナトの心境を見透かしたように笑ってはいなかった。

そう思い込もうとした時、胃の奥底が、かっと熱くなった。

瞬時に喉奥を何かがせり上がってくる。

反射的に口に手を当て、無理やり喉を鳴らしてみぞおちに戻した。顔から血の気が引き、強い悪寒が背筋を駆け抜けた。

今日の戦闘は一つの区切りだった。節目だったと言い換えても良い。

はっきり言えば、今までのサナトは――逃げてきた。

人間を相手にするとき、できる限り手を触れないよう魔法で攻撃し、死にいく者から目を背けてきた。

悲愴な表情を浮かべて死んでいく敵を、冷徹な態度を装って葬ってきた。

もし、敵に間違って感情移入などしてしまえば――

この世界では自分が死ぬ。

平和な世界で人生の大半を生きてきたサナトは、どれだけ強くなっても最期の瞬間を自分が与えることに抵抗を感じていた。

だからこそ、遠距離から魔法を放ち、ザイトランと戦った時のように敵が死ぬ時には背を向け、見ないフリをしてきた。

だが、それではダメなのだ。

名実ともに強者になれば、人間と戦う瞬間も数多くあるだろう。

ギルドの依頼の中には殺しもある。

敵を選ぶことは、己の弱点をさらけ出すのと同義だ。嫌な仕事や、つらい場面が来る度に、リリスや悪魔達に命令だけして逃げるのか。

答えは「ＮＯ」だ。

立ちはだかる敵には、主人として、必要な場面で一歩も退かない姿勢を見せる必要がある。

「人間でも、敵には躊躇しないと覚悟を決めたはずなのに……これだからな」

独り言が、静かな空間に寂しげに溶けた。

サナトは鉛《なまり》のように重い体を片腕で無理やり起こす。体の至る場所が不可解な悲鳴をあげていた。

何度も寝返りを打った背中は痛み、鬱屈《うっくつ》した気持ちが重いため息を吐き出させた。

そして――

「ご主人様、起きてらっしゃいますか？」

扉で隔てた廊下から、透き通った声が聞こえた。

＊＊＊

主人としての表情を作り、扉を開けた。

リリスだ。表情が少し固い。

白いワンピースの寝間着にカーディガンを肩にかけた少女は、首に黒いチョーカーを付け、ガラス製のポットと白いカップを二つ手にしている。

ポットの中ではくすんだ緑色の葉がふわふわと揺れていた。

「少しだけお時間をいただいてもいいですか？」

「ああ……まあ中に入ってくれ」

リリスが入室し、丸テーブルにカップとポットを置いた。

ガラスの蓋《ふた》が小さく音を立てて揺れ、ほっとする香りがほのかに広がった。

「こんな時間にどうした？」

「眠れなかったので、良かったらお茶でもご一緒していただけないかと思ったんです」

「ルーティアはどうした？」

「隣のお部屋でずっと寝ています」

「そうか……」

二人の部屋は隣だ。夜は一人になりたいというサナトの希望もあって、毎晩そうしている。

迷宮で二人に挟まれた時のように、心の平穏をかき乱されないようにという理由もあるが、それよりも寝つきの悪い自分をリリス達に見せたくなかった。

ステータスが低い時は良かった。

どんなに精神が揺さぶられても、一日のうちに溜まる疲れが、睡眠に誘ってくれたからだ。

しかし、桁外れのステータスを得てからは体力が有り余るようになり、不安定な精神は睡魔を遠ざけるようになった。

力と引き換えに、精神は音を立てて崩れかけていた。

「ご主人様もどうぞ座ってください」

リリスの言葉に促され、サナトがベッドに腰かける。

こんな夜更けにリリスが部屋に来たことはない。寝不足だという話を聞いた記憶もない。

内心で首を傾げながら、差し出されたカップに手を伸ばす。表面からじんわりと温かさが伝わってきた。

サナトは今さらながら、自分の指先がひどく冷えていたことを実感した。

「私も座ってよろしいですか？」

サナトがゆっくりと首を縦に振ると、リリスが隙間を空けて隣に座り、表情を綻ばせて言った。

「お口に合いますか？　ヴァルコットで最近売れているお茶だそうで、寝る前に飲むことが多いようです」

リリスの優しい眼差しを見て、サナトはわずかな疑問を棚に上げた。

「どことなくルイボスティーの味に似ているな」

「ルイボスティー、ですか？」

「昔、飲んだことのあるお茶の名前だ」

サナトが視線を投げた。

何年も口にしていないのに、味はしっかり覚えている。

安眠に繋がるとテレビで聞いて、作業のように飲んでいた転移前を思い出す。だが、得られる安らぎは今の方が格段に大きい。

口の中が瞬く間に洗い流され、喉奥と、むかむかしていた胃が落ち着いていく。

気がつけば幻覚のように部屋を漂っていた惨《むご》たらしい映像が鳴りを潜め、暗く冷たかった空間に温かみが広がっていく。

「ありがとう」

表情を和らげたサナトは、横顔をずっと見つめていたリリスに言った。

リリスがほっと息を吐き、嬉しそうに目尻を下げる。

「……とっくに気づかれていた、ということかな」

サナトは自嘲気味につぶやいた。

リリスの「眠れない」という言葉が口実だということに、ようやく気づいた。

こんなに当たり前のことに気づかないなんてどうかしている。

そう眉根を寄せたサナトを見て、リリスは悲し気に瞳を伏せて「はい」と小さく返事をする。

「ご主人様の顔色が悪いことや、ずっと何かにうなされていることは知っていました。……人を殺めるような依頼のあとや、今日などは特に表情が沈んでいたので心配で」

「部屋を分けた意味がなかったな」

サナトはおどけるように言ったが、リリスの表情は変わらない。不安に揺れる瞳がゆっくりと向いた。

「ご主人様に大事にしていただけるのはとても嬉しいですけど、私も少しは力になりたいです」

「リリスは……十分助けてくれている」

「いいえ。私はレベルが上がっただけで、何もできていません」

きっぱりと言い切るリリスがサナトの手からカップを引き取り、テーブルに載せた。

再びベッドに腰かける。もう間は空いていない。

強張った小柄な体がサナトに寄り添い、恐る恐る頭を肩に載せるように倒した。

艶やかな薄紫色の長髪が絹糸のごとく流れ、ふわりと漂う香りがサナトの鼻孔をくすぐった。

「リリス……俺は……」

サナトの口調が不意に揺れ、視線が迷うように泳いだ。

頭を預ける大事な少女の体温が、自分の心を柔らかく包んでいく。体のどこかに火が灯ったようだった。

「頼ってください」

リリスが決意を込めた瞳で見上げ、熱を帯びた言葉を放つ。

――助けたい。

それをひしひしと感じさせるアメジストの瞳に、サナトの胸は瞬く間にいっぱいになった。体がぐらりと揺らぎ、目頭がジンと熱くなった。

抑えつけていた何かが、音を立てて、ひび割れはじめた。

異世界に来てから、心の奥底で消えることのなかった不安や恐れが、怒涛の勢いで顔を出そうとする。

それを小さなプライドが必死に防ごうとする。ひび割れた破片をなんとか繋ぎとめようとあがく。

格好悪いところを見せられるものか。

抗おうとする自分と「もう限界だろ」と冷ややかに笑う自分がせめぎ合った。

沈黙の時間が続き、リリスがすっと体を離した。

途端、感じていた温もりが消え、耐えがたいほどの寂しさが一気に心を埋めつくした。

サナトは慌ててばっと顔を向けた。

そこには——

満面の笑みが咲いていた。

頬を真っ赤に染めて、何かに耐えるようにリリスは小さく体を震わせた。

指先でチョーカーを触りながら視線を落とし、またゆっくりと上げる。肩を上下させ、深い息を吐きながら、はっきりと告げた。

「リリスは、ご主人様が大好きなんです。だから、弱さも分けてください」

両手を怖々と広げて返事を待つリリスの胸に、サナトはとうとう体を預けるように倒れこんだ。

——知らない世界を一人で乗り切ってきた。

——リリスを手に入れてからも、ずっと抑え込んでいた不安があった。

——情けない姿を見せられるものかと、いつも仮面を張り付けてきた。

サナトは目を背けていた感情と、ようやく向き合った。

リリスはそんな主人を愛おしむように大事に抱き締める。

二人の押し殺した嗚咽《おえつ》が、静謐な空間にいつまでも響いた。

第二十三話　手合わせ

「ちょっと二人とも、もう朝だよ」

柔らかい光が窓を白く染め始めていた。

冷え切っていた室内が、だんだんと温かみを増す。視線を外に向ければ、朝もやが消えかかろうとしていた。

王都のどこかで、一日の始まりを告げる鐘が音を響かせた。

しかし、部屋の主と奴隷の少女はまだ目覚めない。

ルーティアは眠り呆けているサナトの体を軽く揺すった。いつもなら最も早く起き出す彼が、こんな時間まで寝ていることは珍しい。

ましてや抵抗して毛布の中に潜ろうとすることなどなかった。

「リリスも起きて」

小動物のように丸まって毛布に隠れるリリスを、ぽんぽんと軽く叩いて呼んだが、少女はわずかな寝息で返事をするだけだ。

ルーティアは苦笑いしながら、毛布をゆっくりと頭の方から剥がした。

サナトの寝顔を見たのはいつぶりだろうか。幼く見える横顔は、子供の様に幸せそうだ。血色も良く、熟睡したのが目に見えて分かる。

「マスター……」

規則的に胸が上下していた。

サナトが最近、夜中に呻《うめ》くような声をあげていたことは知っている。

聴覚の鋭いリリスは、その度に「今日もうなされています」と心配し、ずっとベッドの上で体を起こしていたのだ。

「リリスも嬉しそうな顔してるなあ」

ルーティアはにこりと微笑む。

昨晩、何とか説得して送り出したかいがあったというものだ。

「奴隷の私がご主人様を助けるなんて」と躊躇する彼女に「リリスが一番の特効薬だから」と何度

説明したことか。

口実のお茶を持たせて、背中を押して、ようやく動いたのだ。

「うまくいったんだね」

幸せそうな二人を見ていると、自分の胸が温かくなった。

想いまで告げたのだろうか。それとも添い寝させて欲しいと言っただけだろうか。

ルーティアはもう少し毛布をめくった。

互いに向き合った二人は、寄り添う姿勢で片手を繋いでいる。

サナトから伸ばしたようにも、リリスからのようにも見えた。

「どっちでも些細なことだよね。こんなに幸せそうなんだもん」

毛布を肩の高さに戻す。

わずかに身じろぎしたサナトの横顔をじっと見つめ「見栄っ張りはダメだぞ」と人差し指で頬をつついて微笑む。

そして、窓際に回り、カーテンを閉めた。室内がぼんやりとした暗がりへと変化する。

「もう少し、いい夢見てね」

ルーティアはそう言い残し、足音を忍ばせ部屋を出た。

「朝からいいもの見たなあ。マスターもこれで少し楽になってくれたらいいんだけど」

ルーティアは体をほぐすように両手を伸ばした。

隣の部屋に戻ろうと、ドアノブに手をかけたその時だ。階段を上がってくるギルドの職員が見えた。記憶では、エティルという人間に違いない。少し跳ねた寝癖が慌ててやってきたことを物語っていた。

片手に封筒を持ったエティルは「早朝にすみません」と丁寧に頭を下げ、「『白炎の灰』の関係者の方でしょうか？」と尋ねた。

＊＊＊

「あの、私までよろしいのでしょうか」

広大な敷地に建つ屋敷を前に、リリスが瞳を瞬かせた。落ち着かない素振りで、背の高い門を見上げている。

今日は戦闘用の鎧を脱ぎ、少し洒落た町娘のような格好だ。あどけなさと神秘的な様子が入り混じり、不思議な雰囲気を醸し出している。

「当然だろう。相手が『白炎の灰』に会いたいと言ってくれているんだ。リリスも含まれているのは間違いない」

変わらないローブ姿のサナトは考えることもなく言い、門の両側で直立不動の衛兵に声をかける。すでに話が通っているのだろう。型通りの確認だけが行われる。

「呼ばれて参りました『白炎の灰』です。招待状はこちらに」

「確かに、フェイト家の家紋ですね。ようこそ」

頭を下げた中年の衛兵が、もう一人の衛兵に指示を出し、門を開ける。

そして、「こちらへ」と二人を先導し始めた若い衛兵は、後に続くサナトにちらりと視線を送り、声をかけた。

「お噂はかねがね耳にしています。何でも、わずかな時間で一気にランクアップされたとか。ドラゴンを一刀両断にしたという話も」

「大げさすぎます」

サナトは苦笑いを浮かべて続ける。

「土蜥蜴と偶然に出くわしたので追い払った程度です。それに公式にギルドに認められたわけでもありません。声の大きい周囲が先走っているだけです」

「それでも十分すごいと思いますが。パーティはお二人なんですよね？」

「臨時に戦力を補充することはありますが、基本的には」

衛兵が感心したような声をあげた。

「噂以上にお強そうだ」と好戦的な笑みを向ける。

サナトがその視線をかわすように、かぶりを振った。

「私のことより、あなたも、先ほど門におられた方も相当の腕なのでしょう。雰囲気だけでそこらの冒険者を超えている。さすがは名門と名高いフェイト家の兵、ということでしょうか」

「……分かりますか？」

衛兵は嬉しそうに唇の端をあげた。

そのまま立ち止まり、くるりと振り返る。手に持つ槍の穂先が光を反射して輝いた。

「ええ。レベル以上に、熟練の雰囲気のようなものをひしひしと感じますので」

「さすが、お嬢様が目をかけられるだけのことはありますね」

衛兵はそう言うと、一歩、また一歩と距離を取り始めた。

丁寧に整えられた敷地の中で、サナトと衛兵は間合いを十分に空け、互いに微笑を浮かべた。

輝く槍の刃がサナトに向けてゆっくりと下がる。

「この状況に驚かれないのですね？　初めての経験かと思ったのですが」

「この国の文化と、家風を知れば……と言いたいところですが、本当はギルドマスターの入れ知恵です」

サナトはだらりと両手を下ろして続ける。

「フェイト家は『強ければ喰らえ』という勇猛な家訓を掲げているから注意しろ――と。現将軍の信念でもあるそうですね」

「ご存知でしたか。強い相手、ましてやアズリーお嬢様のお眼鏡にかなう程の方となれば、我々も手合わせをしたくなるのは当然です」

「なるほど。ちなみに、この話はアズリーさんの指示ですか？」

衛兵が「違います」と首を振って、槍を握る手に少し力を込める。

「将軍直々のご指示です」

「……なんとなく状況は分かりました。致し方ないですね」

サナトは小さくため息をついた。

さしずめ、娘に近づく馬の骨の実力を配下に探らせたいという親心なのだろう。

「ご主人様、私にお任せください」

前に出ようとしたリリスを、サナトが止める。

「俺が受けた方が、何かと話が早そうだからな。リリスは見ていてくれ。そんなに心配顔をしなくても大丈夫だ。その……昨日眠れたおかげで絶好調なんだ……」

「……は、はい。頑張ってください」

サナトは恥ずかし気に俯くリリスから視線を外す。頬を掻き、咳払いをして衛兵に向き直った。

「失礼しました。では……どこからでもどうぞ」

サナトの姿勢は無防備そのものだ。構えも無ければ、武器も手にしていない。

衛兵が訝し気に眉を寄せた。

「無手ですが、よろしいので？」

「使えない武器があるよりはこちらの方が身軽なので。それに、武器は加減が難しいんですよ」

衛兵は「加減？」と独り言をつぶやくと、小さな苛立ちを見せた。

俄然《がぜん》やる気に満ちた張りのある声が、敷地に響く。

離れた場所では中年の衛兵も見守っている。

「フェイト家衛兵、バレット。行きます」

バレットが様子見とばかりに、数歩で間合いを詰める。

槍の先をサナトの右太ももを目指して真っ直ぐに伸ばした。純粋に突くことだけを目的とした無駄のない動きだ。

将軍には「殺すな」とは言われている。致命傷にならないよう、最初からかすり傷を狙ってのものだ。

真剣に近い模擬戦は、屋敷の部屋からアズリーが見ている。彼女はフェイト家の跡取り候補であり、熟達した回復魔法の使い手だ。

万が一のことがあっても、すぐに治療が可能だ。

屋敷の一階にも、救護に長けた家政婦が控えている。

相手は新興の冒険者。噂話は十分聞いている。だが、どの程度強いかは戦ってみるまでは分からない。

そう思って、負け知らずの愛槍を繰り出す。

しかし、寸分違わぬ狙いが逸れた。

（いや、違う。完ぺきに避けられた）

驚愕の事実に瞳を細める。斜め後方にサナトが下がっている。

感情を消した黒い瞳がバレットを射抜いている。

バレットはさらに二歩踏み込んで、銀槍を振るう。

一突き。

二突き。

当たらない。

魔法使いのはずなのに、熟練の武闘家が瞬動術でも使うように、場から消えて移動する。

ローブすら捉えられず、小さい風切り音と共に虚しく穂先が空を切る。

「――っ」

心のどこかで「やはりな」という思いが浮かんだ。

一度目をかわされた時点で分かっていた。サナトは苦心して紙一重で避けるというレベルではないのだ。

明らかに攻撃の方向を確認してから、当たらない位置にまで下がっている。

方向、間合い……魔法使いである男が、それらを凄まじい速度で判断しているのだ。

単純な突きを何度か繰り返したバレットは、自分に言い聞かせるように言った。

「手加減してどうこうできる相手ではないということですか」

愛槍の柄をぐっと握りこむ。

多少のスキルや魔法を使用しても大丈夫だろう。

確信したバレットは、押さえつけていた挑戦心をじわじわと両の瞳に滲ませ始めた。

冷静な衛兵の仮面を外し、元来の好戦的な気質に身を任せんと声を張る。

「魔法を使わせていただきます」

あなたなら、何とかするでしょう。

バレットはそう目で語ると、だらりと体を弛緩《しかん》させた。

一層腰を落とし、槍の柄を腰に当ててサナトに狙いをつける。

使うのは槍術と魔法の融合技だ。

サナトがどんな方法で避けているのかは分からない。

しかし、確実にこれで判明するはず。

バレットは久しぶりの強敵に心を弾ませる。

もしもここで尻尾を巻いてサナトが逃げ出せば、フェイト家では笑い者になるだろう。

だからこそ、逃げられるはずがない。いかに危険な技を向けられようと、自分の挑戦を受けざるを得ないのだ。

ずる賢いと自嘲しつつも、与えられた機会に感謝した。

「どうぞ」

サナトの言葉は予想通りだった。

躊躇のない返事は、少しもバレットの技を恐れていないことの証だ。

ますます感心する。自然と笑みは深くなり、心が躍る。

そして――

バレットは無防備に立つサナトに放つべく、呪文を口ずさみ始めた。

第二十四話　規格外

「風よ、流麗にして無なるものよ、鋭牙をもって敵を穿《うが》て」

淀みない呪文と共に、バレットの髪が荒々しく波立った。

風が吹き荒れ、槍の穂先に薄緑色の小さな嵐が巻き付いていく。

生じた風を正面から浴び、サナトが目を見張りながら言う。

「武器に纏わせる魔法とは……初めて見ました。《風魔法》ですか？」

バレットが得意げに口角を上げた。

「驚いてもらえて光栄です。ご推察のとおりですが、少しばかり工夫をしています。フェイト家は魔法の名家。誰もが日々魔法の工夫に精進しているのです。っと、しゃべりすぎました。そろそろお目付け役が来ましたので――行きますよ」

バレットは屋敷の方向をちらりと確認する。

大きな盾を持つ壮年の男が、慌てた様子で飛び出した。

アズリーの側近であるサルコスだ。

遠巻きに分かるほどに眉根を寄せて、深く息を吸って怒鳴った。

「待てっ、バレット！」

バレットはさらに笑みを深める。

「この方に心配は無用でしょう。サルコスさん」と口にし、今までとは比較にならない速度で足を踏み出した。

地面を滑るように移動するバレットは、たった一歩で間を詰める。槍の刃は緑の突風を纏い、触れるものすべてを粉みじんに変える。

敵が武器で弾こうとするならば、その破壊を。愚かにも素手で止めようとするならば、二度と使えない腕に。

うまく避けることは不可能だ。この槍の攻撃範囲は通常の突きの比ではない。体ごと大きく飛び退くしか、かわす手段はない。

（さあ、どうする？）

バレットは一挙手一投足を逃すまいと目を凝らす。

右か、左か、盾や武器を引っ張り出すのか。それとも攻撃に転じるか。

「熟練者はこんな使い方をするのか」
その時、サナトが小さく笑った。
危機感のない独り言と共に、槍に対して取った選択肢は、素手だった。
「ばかなっ!?」
バレットは驚愕した。
渦巻く嵐を握りつぶすように、片手が槍先を掴み止めた。
ありえるはずがない。
槍の軌道を完全に見切り、素手で勢いを殺すなど不可能だ。
刃とは飾りではない。掴めば切れるのは当然のこと。
しかし、槍は岩に固定されたようにピクリともしない。
バレットは背筋に悪寒を感じ、反射的に押しとどめていた魔法を解放した。
「《ウインドテンペスト》」
圧縮された嵐が突如勢いを取り戻し、サナトを切り刻まんと暴発した。
拳の隙間から鋭い風の刃が何十本と飛び出した。
槍が止められた時の第二の刃。まさにバレットの奥の手だ。
しかし、緑の光は金色の光の壁に阻まれた。
硬質な音を立てて刃が砕け、サナトが無傷で立っていた。

「接近戦用に工夫した魔法とは驚きました」

サナトは笑顔を見せて事も無げに言った。

全身を覆うように張られた盾には見覚えがあった。

バレットは目を丸くしつつ、正体を看破した。

「《光輝の盾》……ですか？」

「ええ。人より強い盾が使えるもので。多少無茶ができるんですよ」

「ダメージは、ないのですか？」

「バレットさんが手加減をしてくださったようで、幸いにも」

サナトはそう言って槍から手を離し、盾を解除した。

己の顔や体に軽く触れて感触を確かめる。

皮膚はもちろん、ローブにもかすり傷一つ見当たらない。

威力だけは手加減した。殺すことが目的ではないのだ。

だが、これはどういうことだ。

「魔法とは面白いな」とつぶやくサナトを唖然と見つめ、必死に冷静さを取り戻しつつ、考えをまとめていく。

風魔法を纏う槍の、素手での受け止め。

魔法の完全遮断と、速すぎる呪文詠唱。

そして攻撃を完全に見切る目と、バレットが追えないほどの移動術。

どれもが常識を超えていた。

「あなたは……一体……」

そう言ったバレットは、肩を後ろから強い力で引かれてたたらを踏んだ。

横をすり抜けて、サナトと対峙したのはサルコスだ。

「危険な技を使用して申し訳ないっ。まさかこんなことになるとは。おいっ、誰か治療を！　急げっ！」

サルコスは頭を下げた後、屋敷の入り口に向かって声を張り上げた。「早く来いっ」と手招きをしている。

しかしサナトは目尻を下げて、「大丈夫ですよ」と手を振った。

「フェイト家流の挨拶《あいさつ》といったところでしょうが、こちらも勉強になりました。ケガはなかったのでご安心を」

「……え？　そう……ですか……」

予想もしていなかったであろう言葉に、サルコスがようやく異常事態を認識した。

恐る恐るサナトの顔を眺め、さらに全身に目をやり、息を呑んだ。

「ほ、本当にどこもケガはないのですか？」

「バレットさんが上手に手加減してくれたので」

サナトは繰り返し言って両手を広げた。

サルコスの顔がみるみる引きつり、ばっと振り返って、尻もちをつくバレットに視線を向けた。

――手加減したのか？

そう聞きたいのだろう。

バレットは疲れた顔で首を左右に振った。

そんなはずがなかった。魔法まで使用したのだ。手加減したのは魔法の威力だけだ。

かすり傷すら無いなどありえない。

「これで試験は終わったと思ってよろしいのでしょうか？」

「え……ええ、呼んでおいて試すような真似をして申し訳ない」

壊れた人形のようにギクシャクした動きのサルコスは、何度か深呼吸をしたあと、決められていた謝罪を口にした。

必死に冷静を装いながら、「こちらへ」とサナトとリリスを誘導する。自身のシンボルである大きな盾を拾い忘れたままだ。

「部屋で、お嬢様がお待ちです」

「まさかこんなところでアズリーさんとご縁があるとは、思ってもみませんでした。冒険者というのは仮の身分だったのですね」

朗らかに微笑むサナトとは対照的に、サルコスは乾いた笑いを浮かべた。

残されたバレットが、「どうやったら、あんなことができるんだ」と肩を落とした。

第二十五話　接触

サナトは屋敷の一部屋に通され、サルコスに椅子を勧められた。

目の前には白いクロスを載せた長大なテーブルがある。

大きな窓ガラスはたっぷりと外の明るさを取り入れ、高価そうな置物が自分を主張するように輝いている。

頭上を見上げれば、精緻《せいち》なガラス細工で作られたシャンデリアがわずかに揺れている。

程よい室温に、開放感のある部屋。

高貴な人間の晩餐会《ばんさんかい》とは、こういうところで行われるのだろう。

「すごい数ですね」

室内を見回したサナトが、一番奥の壁に立てかけられた何本もの武器に目を留めた。

真っ白な壁には、魔法使い用のロッドが何本も設置されている。

一定の長さがあるロッドに加え、中にはワンドと呼ばれる短杖も存在する。

「あれは当家の歴史です」

サルコスが嬉しそうに微笑む。

「一番左上の黒い魔石を備えたロッドが、初代、フェイト＝バックマンが使用した物です」

「フェイト家の創始者といったところですか？」

「その通りです。我々にとっては、あれらのロッドが代々名門を守ってきたという意味で家宝なのです」

リリスが「すごいです」と小さく声をあげた。

サナトが少し驚いて横顔を見つめる。

「えっと……フェイト家の歴史を見ているんだなぁと思ったら、なんとなく嬉しくなってしまって。やっぱり『家名持ち』の家はすごいと……」

リリスの瞳には好奇心が浮かんでいる。

サナトは家名の重さを認識しつつ、気になったことを尋ねた。

「家の歴史という意味では、歴代の当主の肖像画は飾らないのですか？」

「肖像画では強さが分かりませんから」

サルコスはそう言い切ると、少し説明が足りないと思ったのか「冒険者の方には分かりづらいかもしれませんが」と言葉を続ける。

「憲兵団に名を連ねる家や、一部の貴族はそういった肖像画をありがたがりますが、我々や護軍に属する者は強さがすべてです。そうでなければこの小さな領土を守り切れませんからな」

そう言ったサルコスは「だからこそ」と胸を張った。

「当主が使われたロッドこそが、その方の強さの象徴なのです。純度の高い魔石の中でも選りすぐりのものを使用した武器を使いこなせたことこそが、代々最強の証明になるのです」

「なるほど……そういった世情には疎《うと》くて、フェイト家に招かれたというのに至極当たり前のことを尋ねてしまったようで申し訳ない」

軽く頭を下げたサナトに、サルコスがかぶりを振った。

そして意味深な表情で言う。

「サナト殿が冒険者である以上は、当家の事情など知らなくて当然のことです。それにその点はすでに考えてありますのでご心配は無用です」

「……どういう意味ですか？」

「それは――」

サルコスが表情を緩めて言葉を付け加えようとした時だ。

奥の扉が音を立てて開いた。

現れたのは、メイド服の二人と、薄い水色のドレスに身を包んだ女性。ミドルショートの茶髪にシックなティアラを付け、耳にはシルバー色のピアスが輝いている。

「ようこそおいでくださいました」

フェイト＝アズリーが長いまつ毛を瞬かせ、誰もを魅了しそうな明るい笑顔を見せた。

＊＊＊

「ご招待くださり光栄です」

サナトが立ち上がり一礼し、リリスが遅れて頭を下げた。

隣に立つサルコスはサナトに意味深な視線を送りつつ、経過を見守っている。

微妙な間が生じ、アズリーが気落ちしたような顔を見せると、サルコスがすかさず言った。

「お嬢様、私が声をかけるまでは入室を待っていただきたいと申し上げましたのに。それにその衣装はお気に入りのものとは言っても、お客様を迎えるには相応しくないのでは？」

「え？　……そ、そう？　でもサルコスだって――」

アズリーがはっと気づいたように口を閉じた。

沈んだ表情が一転し、代わりに薄《うっす》らと頬を染め、非難めいた眼をサルコスに向ける。口はわずかにへの字を描いている。

サルコスがどこ吹く風で「それでいい」と首を小さく縦に振って言った。

「サナト殿には申し訳ない。主人は決して気後《きおく》れさせるためにと、このような華美な衣装を選んだのではないのです」

「まさか。アズリーさんには迷宮で一度助けていただいた身です。そんな意図をお持ちで衣装を選ぶような方とは決して考えません」

サナトは大きくかぶりを振る。

と同時に、サルコスが次の言葉を期待していることに、ようやく気付いた。

アズリーの方に向き直り、礼を失しない程度に衣装を眺めて微笑む。

「それに、美しい衣装を見て気後れするなどありえません。見とれてしまって言葉にならないことの方が問題です」

サナトの真っ直ぐな瞳を受けて、頰を膨らませたアズリーが視線を落とす。

そして、「お上手ですね」と抑えきれない笑みを口端に浮かべる。

サルコスがそんな様子を見て「それならば良かった」と深々と頷いた。

「さて、ではティーブレイクと致しましょう」

サルコスはぱんと両手を打ち鳴らす。

「余計なことするんだから」というアズリーの愚痴《ぐち》を無視し、壁際で笑みをかみ殺す二人のメイドに告げた。

「アン、ルリ、お客様にご用意を」

「承知しました」

二人のメイドが扉の外に消えた。

サルコスが「おかけください」とサナトに椅子を勧める。

「リリスも座らせていいですか？」

「申し訳ありませんが、奴隷の方にはご遠慮いただいております」

サルコスは明確に答えた。

「すまない、リリス」と頭を下げたサナトに、リリスが「とんでもない」と勢いよく首を左右に振り「私はご主人様のお側にいられれば大丈夫です」と微笑む。

「リリスさんは、サナト殿の左後ろにてお立ちください」

サルコスは所在無さげに立つリリスに「ここです」と案内して見せた。

「左側という決まりがあるのですか？」

「例外はありますが、この国では左が多いですね。そのあたりはまたの機会に。今は先に当家自慢のシブーストをご賞味ください」

「シブースト？」

サナトの問いに、対面に座ったアズリーが「とてもふわふわしているお菓子です」と補足して両手を頰に当てた。

好物なのだろう。

「りんごが甘くておいしいんですよ。初めてお口になさるのでしたら、きっとびっくりなさると思います」

「……それは、とても楽しみですね」

「我が家でもいくつかお菓子はありますが、亡きノトエア国王が考案されたという意味で、特別なものなんです」

「……考案？」

アズリーはサナトの考え込む様子に気づくことなく、説明を続けた。

「私も作り方を知らないんですけどね」と苦笑いしながら、戻ってきたメイドが差し出したシブーストに目尻を下げた。

「これが……シブースト」

サナトが心底驚いた顔でつぶやいた。

りんごを載せたタルト生地の上に、クリームチーズのアパレイユを重ねたお菓子。

まさにサナトが知るシブーストそのものだった。

「ノトエア国王とは……まさか……」

誰にも聞こえない独り言が、ぽつりと放たれた。

第二十六話　私のものに

「いかがでしたか？」

「とてもおいしかったです」

サナトはフォークとナイフを置き、相好を崩した。

「まるで食べたことがありそうなご様子ですね」

「ええ、何度か」

「……えっ？　あるのですか？」

アズリーが目を丸くした。意味深な視線を、背後で控えるサルコスに向けた。

サナトが気づかない様子で「でも」と続ける。

「本当に久しぶりだったので、つい昔のことを思い出してしまいました」

「サナトさんの過去……ですか」

アズリーの瞳に大きな興味が宿った。

サナトが「大した話ではないですよ」とゆっくり首を振った。

「昔、家族が作ってくれたことがあったな、と。もちろんお出しいただいた物とは比べ物にならないほどひどかったですが」

「家族……もしかして、サナトさんのお母様が？」

サナトは微笑を浮かべて明言を避けた。

「最近色々とあって、少し懐郷病《かいきょうびょう》のような状態なのかもしれません。つまらないことをお話ししてしまって申し訳ないです。関係のない話でしたのに」

「いえ……」

サナトが姿勢を正して、アズリーを見つめる。

「ところで、そろそろご招待いただいた理由を教えてもらってもよろしいでしょうか？」

「あっ、そうですね……確かに気になりますよね」

その言葉で室内の緊張感が高まる。

アズリーが瞬く間に上流階級としての顔を作って言った。

「実は……サナトさんに、フェイトの家名を名乗ってもらいたいのです」

＊＊＊

リリスの息を呑む音が聞こえた。身じろぎした彼女は、サナトを背後から見つめる。

「家名を名乗る？」

アズリーが身を乗り出すようにテーブルに両手を載せた。

「端的に言えば、フェイト＝サナトを名乗って欲しいということです」

「フェイト……サナト？」

サナトが首を傾げた。

アズリーが言葉に熱を込める。

「はい。フェイト家の一員、つまり専属兵となって欲しいということです」

「その専属兵とはどういったものですか？」

「……ご存知ないのですか？」

場にいる全員が驚いた。

サナトが「無知で申し訳ない」と頭を下げる。

アズリーが咳ばらいをし、ゆっくり説明を始める。

「専属兵というのは、家が抱える私兵の中で、家名を名乗ることを許される者のことです。サルコスもその一人ですね。専属である以上は、家の招集は絶対に遵守していただかないと罰則がありますし、最悪、除名もあり得ます。けれど、お給金は非常に高額ですし、功績を上げれば、フェイト家を通じて王国に意見すらできることがあります」

「なるほど……」

頷いたサナトを見て、アズリーが声を潜めて言った。

「もしも、サナトさんがフェイト家専属となってくださるのでしたら、『ガーディアン』をお願いしたいと思っています」

「ガーディアン……」

最初に反応したのはリリスだった。

サナトが「知っているのか？」と振り返って尋ねる。

リリスがおずおずと答えた。

「ガーディアンは直系の守り人のことです。名家の中で最も大事な人達を、そばで守る。それはつまり――」

驚愕するリリスの言葉を、アズリーが引き取る。

顔に浮かぶのは自信に満ちた笑み。名家としての誇りもあるだろう。

「フェイト家は、サナトさんを非常に高く評価しているということです」

「で、ですが、ガーディアンは長年務めた専属兵から選ばれるはずです。ご主人様は……」

「リリスさんが言うように普通はそうです。サナトさんを突然ガーディアンに引き上げれば現在のガーディアン達との間に軋轢《あつれき》は生じるでしょう。けれど――」

アズリーが熱い瞳を向ける。

「些細な問題です。周囲に何を言われようとも、強さを見せれば誰もが黙ります。父も同意見です。それに、サナトさんなら並みのガーディアンよりも遥かにお強いはず。リリスさんだってそう思いませんか？」

「それは……」

絶句するリリスに、アズリーが「ですから何も問題はありません」と微笑む。

「サナトさんはどうですか？」

「とても光栄なことだと思います。ただ、そのガーディアンでも専属兵でも、フェイト家の命令には従う必要があるんですよね？」

「そうなります。父や私は護軍に属していますので、当然、軍の一員としての行動は求められます」

「ちなみに、ガーディアンは直系の守り人ということですが、私がそうなった場合はフェイト家のどなたをどの程度守ることになるのでしょう？」

淡々とした質問に、アズリーが言葉を詰まらせた。

「それは、希望次第になりますけど……考えているのは私のガーディアンとしてずっと……」

「アズリーさんのお側でずっとお守りすると？」

「え、ええ……もちろん、嫌ならほかの直系でも構いませんが」

「なるほど」

「……どうでしょうか？」

アズリーは人知れずごくりと喉を鳴らす。気がつくと口内が干上がっていた。

慌ててカップを口に運び、冷えた紅茶を飲み干した。

「申し訳ないのですが――」

サナトは長い間考え、神妙な面持《おもも》ちで頭を下げた。

アズリーは思わずカップを取り落としそうになった。

サナトは頼みを受けてくれる、心のどこかでそう信じていた。

冒険者という不安定な身分に比べれば、ガーディアンは地位も名誉も申し分ない。フェイト家は名を出すだけで一目置かれる存在だ。

ガーディアンという誰もが喉から手が出るほどに欲しがる名誉職を、冒険者として名を売ろうとする男が断ると言うのだ。

言葉を失うアズリーの代わりに、神妙な顔で聞いていたサルコスが口を開く。

「サナト殿、理由を聞かせていただけるだろうか？」

「高い評価をしていただいたことには感謝しています。アズリーさんをお守りすることについても異存ありません。ただ、私は色々と訳ありの身で、ずっとお側にいられるか分からないのです」

サナトは肩を落とすと、眉を寄せて「それに」と続ける。

「私は『フェイト』の家名を名乗れないのです」

「どういうことですか？　力が足りないというのであれば謙遜《けんそん》です。バレットを圧倒できる強さとギルドでの評判を考えても――」

「違います」

サナトがかぶりを振る。

「私はすでに『ヒイラギ』という家名を持っているのです」

「……ヒイラギ？　家名を持っていらっしゃる？」

アズリーが双眸を見開いた。「ヒイラギ」と繰り返し、定まらない視線を空中に彷徨《さまよ》わせる。

サナトが「申し訳ない」と再び頭を下げた。

第二十七話　新たな道

「サナト殿のお話は分かりました。家名とは誇りそのもの。残念ですが、捨てることなどできないでしょうから、専属という頼みも難しいでしょう」

「ええ」

「ですが――」

サルコスは一旦言葉を切ると、アズリーの隣に立って真摯《しんし》な表情で続けた。

「それならば、せめて『最優先』ということでお願いできないでしょうか」

「最優先、ですか？」

アズリーがサルコスの言葉に頷き、拳にぐっと力を込めて言う。

「フェイト家が危機に陥った場合や、軍を動かす際、他家からも声がかかるような非常時には、当家に最優先で力を貸してほしいのです」

「それくらいなら構いませんが、私個人の事情でお力を貸せない場面も――」

「もちろんその場合は、サナトさんの事情を優先していただいて構いません」

アズリーがきっぱりと言い、強い眼差しでサナトを見つめた。

サナトが長考し、首を縦に振る。

「それならばまったく異存はありません。せっかく声をかけていただいたのに、私の都合ばかりで申し訳ないです」

「とんでもない。お力を貸して欲しいのは私達の方ですから、当然のことです」

アズリーが微笑み、後ろに立つメイドに振り返る。「お願い」と何かの紙を要求する。

それを、静かに目の前に差し出した。

「契約書……というわけではないようですね」

「もちろんです。先ほどの話は曖昧《あいまい》で、書面に残せるようなものではありませんから……けれどそうなると、現時点でフェイト家としてお示しできるお礼が何一つ無いことになります」

アズリーはそう言って、「ですから、せめて」と苦笑いする。

「ティンバー学園への入学を推薦《すいせん》します。失礼ですが、サナトさんは世間の色々な事情をあまりご存知ない様子なので……もし希望なさるなら、この申込書ですぐに手配いたします」

「そこまで気をつかっていただく必要もないですが……ティンバー学園？　どこかで聞いたような……」

少し考えたサナトは「まあいいか」と首を縦に振った。

そのタイミングでリリスが口を出す。

「ご主人様、ティンバー学園と言えば身分の高い方ばかりが通う場所です。確か、偉い方はそこに必ず入らないといけないと」

「リリスさん、それは少し違います」

アズリーが苦笑いを浮かべた。

「義務ではなく、身分の証明となるので『家名持ち』は誰もが通うのです。学園に在籍することが、名家のステータスなのです。けれど、閉鎖的で誰かの推薦が無ければ入れない場所です。あっ、もちろんサナトさんの学費は当家で負担しますので、ご心配なさらないでください」

「通うこと自体に価値があると……確かに、私はこの世界でまともな勉強をしたことがありません……しかし、なぜそこまでしてくださるのですか？　フェイト家にとってあまりメリットの無い話に聞こえますが」

「申し上げた通り協力してもらうお礼です。形あるものではないですが、きっとサナトさんの役に立つはずです。本当は勲章を授与することも考えたのですが、実績がないために難しくて……」

「……学園に入るのは年齢的に無理ではないのですか？」

サナトがおどけたように笑い、場の全員が釣られて苦笑する。

「年下の人が多いはずですけど、推薦とお金さえあれば年齢に制限はありませんので大丈夫です。入学そのものは嫌というわけでは？」

「私は住んでいる国のことすら満足に知らない人間なので、機会を与えてもらえるならば、是非お願いしたいです。個人的に学びたいこともありますし」

「……良かった。では入学が決まったら、近日中に連絡いたします」

「リリスは入れるのですか？」

「サナトさんの奴隷として報告しておきますので大丈夫です」

「アズリーさんはその学園のご出身なのですか？」

「はい。私も、そこにいるサルコスとアン、ルリもそうです。全員が、学園で学びました。私は在籍中に才能が開花しなくて、落ちこぼれ生徒だったんですけどね。サナトさんくらいになると学ぶことは少ないかもしれませんが、歴史などはきっと勉強になると思います」

「……うまく馴染めると良いのですが」

わざとらしく肩をすくめたサナトを、アズリーが意味深に見つめた。

「もしも何か問題が起これば、当家を後ろ盾にしてください。それで大抵の問題は片付くはずです」

「問題が起こるのが前提のように聞こえますが……」

「まあ、中には我《が》が強い者もおりますので。それに、今の学園は……」

アズリーは言葉を濁し、内心を隠すように微笑んだ。

＊＊＊

「お嬢様、お疲れ様でした」

サナトとリリスを見送ってきたサルコスは、疲労困憊《こんぱい》でテーブルに突っ伏すアズリーに声をかけた。

「ほんとよ、もう」と顔を上げたアズリーが、ため息と共に言う。

「迷宮で話をした時より、ずっと風格があった。前は『僕』を使ってたのに、今日は『私』だったし」

「そうなのですか？　状況に応じて使い分けているだけでは？」

「かもしれないけど、違和感があったの。前は……えっと……彼を前にすると何だか舞い上がっちゃう感じだったのに……今日は、すごく緊張したかな」

アズリーが何かを思い出すように人差し指をこめかみに当てた。

「どうしてだろ？」と答えの無い独り言をつぶやき、サルコスに視線を向けた。

「引き込みの方は、まったく望んでなかった結果になっちゃったね。帰り際に、学費は自分で負担するって言ってたし。これで護衛の話も白紙かあ……」

「まだ心変わりはあり得ますが、結果としては最悪の一歩手前です。しかし、他家に取り込まれる前に約束を取り付けただけでも良かったとしましょう。お嬢様の護衛の件は、例の新人を鍛えましょうか。なかなか筋がいいようです」

「うん……仕方ないよね」

「そう気を落とさないでください。断られるかもしれないとおっしゃっていたではありませんか。しかし……まさか冒険者のサナト殿が『家名持ち』だとは、私も考えもしませんでした」

「確か、ヒイラギ……だったよね。サルコスは聞いたことある？」

「いえ」

「アンとルリは？」

二人のメイドが揃って、首を左右に振った。

「だよね……私も聞いたことないなあ。疑うのは良くないけど、サナトさんってそのあたりの事情に詳しくなさそうだし、他国のかな。でもシブーストを知ってるってことは、ここら辺の家だよね。サルコス――」

「分かっています。調べてみますが、慌てて考えた家名にしては特殊すぎますね。普通はヒイラギなどと思いつきません。ただ、リリス殿も知らなかったというのは間違いないかと」

「リリスさん、目が点になってたもんね。パーティまで組んでる奴隷に話してなかったとなると……やっぱり訳ありの家かな？」

「その可能性が濃厚かと。生まれた直後に追放か、もしくは不名誉な罪で位を堕《お》とされた家かもしれませんね。……どうします？」

サルコスの瞳に硬質な輝きが灯る。

サナトに関わるとフェイト家の名に泥を塗るのでは。

そんな考えが浮かんでいるようだ。

アズリーはやれやれと首を振って、悪戯っぽく言った。

「そう思うなら、あの状況で『最優先』なんて条件をサルコスは言い出さないでしょ？」

「ご明察です。私はむしろ、そんな状況下での落ち着き払った態度が気に入りました。強さもそうですが、彼は大物になるでしょう。学園に入り名前も広がれば、力を借りる当家も十分見返りが見込めますし、うまくいけば彼の師匠である大魔法使いとも知り合えるかもしれません」

「まあね。そういう意味では半分は成功なんだけど……」

「……心配しているのは、お父上の件ですか？」

アズリーが申し訳なさげに頷く。

サナトを入学させる理由は、名声を与えるためだけではない。

実はアズリーの父であるアースロンドが、とある理由から、学園を一度引っ掻きまわそうと企んでいるのだ。

アズリーとサルコスには、「サナトを入学させることで、何らかのショックが起これば」という言葉が事前に伝えられている。

言わば、都合の良い時期に現れた駒なのだ。

だがそれは――

「サナトさんの身に危険があるってことだからね」

「お嬢様……」

「あっ、ごめん、アンとルリはちょっと席を外してくれる？」

アズリーは思い出したように後ろに控える二人に声をかける。

退出を目で確認し、声を潜めて言った。

「サナトさんのレベルだと、本当は初等部でしょ？　ダレースさんに秘密裏に呼ばれたときには何の話かと思ったけど」

「私も未だに信じられませんが、バレットとの戦いを見る限りは嘘ではなさそうですね」

「『レベルを無視する冒険者』って、ほんとにそんな人いるんだね。リリスさんのレベルも異常だけど……戦いを見なくちゃ誰も信じないだろうね」

アズリーはそう言って、しかめっ面のサルコスに視線を向けた。

既にフェイト家の名を使い、ティンバー学園への根回しは済んでいる。

学園最高位の人物の耳にだけ入れて、あとはトップダウンで処理した。数点の書類さえ渡せば、つつがなく入学手続きは完了する。

「さすがにあの年齢で初等部はありえませんからな。当家としても望ましくありません」

「レベル8って聞くと、どうしても子供の頃って思うもんね」

「まあ、学園でレベルがばれることはないでしょうが、当家が推した時点で、どのみち目はつけられるでしょう」

「だよね……あっ、そういえば結局、大魔法使いさんの話を聞けなかった。魔法銃の件も聞こうと思ってたのに」

アズリーは物憂《ものう》げな顔で「ダメだなあ」とつぶやきながら、視線を落とした。

第二十八話　入学

「ご主人様、こんな感じですか？」

表情を緩めるサナトの前で、リリスが恥ずかし気に身をよじった。

フェイト家での一件から十日経ち、早くもティンバー学園の制服が届いた。

襟元に黄色い線をあしらった白い上着。首元には大きめの黒いリボン。下のスカートは白く、裾に黒い線が入っている。

肩には茶色の盾紋が刺繍されている。

リリスは薄紫色の髪を垂らし、不安げにスカートの裾を摘《つま》みながら、何度も引っ張っては頬を染める。

「こんなドレス着たことありません……」

「ドレスじゃなくて制服と呼ぶんだ。リリスが店で見てきた服と学園での服はまったく違うからな」

「でも少し短くないでしょうか？　足が無防備すぎるような気が……」

「だからソックスを履くんだ。まあそういうものだ」

「そうなのですか？」

「よく似合っているぞ。なあ、ルーティア？」

「うん。すっごく可愛い」

「ルーティアさんまで……」

「だってほんとのことだよ。それに比べて、マスターの制服ったら……」

白いドレスに身を包むルーティアが、渋い顔で「俺の評価はどうでもいい」とそっぽを向くサナトに視線を向けた。

僅かに顔が赤い主人を面白そうに眺め、くすくすと笑う。

「いつものローブに比べて幼いね」

「ほっといてくれ。俺だって、まさかこの年齢で制服を着ることになるとは思わなかったさ。サイズが合っていてこれだからな」

「似合ってないって自覚はあるんだ」

「言われるまでもなく、俺自身が一番違和感を覚えている」

サナトは二人の側から離れ、姿見の前に立った。見たくないものを見るかのように、恐る恐る覗き込む。そして瞬く間に、仏頂面《ぶっちょうづら》に変わった。

「コスプレ感が半端ないな。これで通わないとダメとは。頭が痛いな。それに——」

ルーティアと談笑するリリスにちらりと視線を向けた。

体の線が出るように作られた細身の制服だ。男性の制服と女性の制服では大きく違いがあった。

一言で言えば力の入り方だ。

どこにでもある既成品と特注品との違いとも言える。

「まあ……制服のこだわりは悪くないが」

サナトはブレザーの胸のワッペンに指を当てた。

銀色の盾紋の左上からレイピアを重ねた紋章が縫い付けられている。

再びリリスを目の端で捉え、ため息をついた。肩にあるのは銅色の盾の紋章だけだ。

サルコスに聞いたところによると、入学者と付き人を区別するためだそうだ。

「露骨な差別はいただけんがな。ここまでする必要はないだろうに」

サナトは憤りを口にし、持っていたブレザーに袖を通した。

ボタンをすべて留めた姿に「子供か」と毒づき、慌てて外して着崩した。

「恥ずかしい」という言葉を、何度も口の中で噛み殺した。

「ご主人様はすごくかっこいいです」

「そう？」

首を傾げるルーティアと違い、リリスが瞳を輝かせてサナトに近づく。

珍しいブレザーをまじまじと見つめ、ポケットに手を突っ込んだサナトをゆっくり見上げた。

「やっぱり、かっこいいです！」

サナトは「リリスに言われると嬉しいよ」と、優しく頭を撫でた。

そして「恥をかかせないように、がんばるか」と自分の頬を叩き、再び姿見を確認しながら襟を正した。

＊＊＊

通学には馬車を使用する。

ティンバー学園に通う者は、多くが名家の跡取りや、貴族の血筋だ。

御者は二名。いずれも学園に属する兵で、通学中の護衛も任務の一つだ。

自前の馬車を有していない生徒には、学園が手配した馬車が定時に自宅前まで訪れ、送迎を行う。

「やけに進むのが遅いな」

サナトは車窓から、舗装されていない道を行きかう商人達を眺める。

「道が悪いからでしょうか？」

「それもあるが、わざとかもな」

サナトが「憧れを作り上げる意味もあるのだろう」と外を指さす。

リリスが視線を向けた。

「子供ですか？」

「見物人が多いだろ？　子供だけじゃなく、街全体に学園の凄さを広める役割があるのだと思う。短い距離でもこんなに立派な馬車で通う場所なんだぞ、ってな」

「確かに……走った方が早いですね」

「そういうことだ。一度通ってしまえば《時空魔法》で移動ができる。明日からは適当な場所に転移してしまうか。乗り心地はルーティアが逃げるほどだしな」

リリスがくすりと笑い声を漏らした。

馬車が来たときは「お姫様になったみたい」と実体化したルーティアだったが、走り出してしばらくすると「お尻が痛いから」とサナトの中に戻ったのだ。

『うぅ……だってほんとに痛かったんだもん。マスターもリリスも痛くないの？』

「強い揺れに合わせて腰を浮かせば大丈夫ですよ」

リリスの言葉にルーティアが驚く。

『そんなことできるのリリスだけだって。マスターはどう？』

「俺はそんなに器用なことはできないさ」

『じゃあ痛いんだ』

「我慢できないほどじゃない。要は慣れだな。それに……」

サナトが嬉しそうに口元を緩めた。

遥か遠くに見える山間に視線を投げ、思い出すように言う。

「初めて一人で馬車に乗った頃を思えば、今は恵まれている。多少の痛みはいい刺激になるくらいだ」

『マスター……』

「あの時はヤケになって、迷宮に挑戦しようと馬車に乗った。冒険者達と乗合の、殺伐とした空間だった。明日の生活のために、誰もが命がけで迷宮を目指していたんだ。俺もその一人だった」

サナトが対面に座るリリスを優しい瞳で見つめる。

「だが、今は違う。リリスとルーティアだけが同乗者で、行く先は生死のかかわらない平和な学園。目的は勉学ときてる。これ以上ない馬車だよ」

「ありがとうございます」

嬉しそうに微笑むリリスに釣られて、ルーティアが『うんうん』と相槌を打った。

サナトが満足そうにうなずき、少しだけ表情を引き締めて言う。

「どんな学園か知らないが、勉学はリリスにとっても良い機会だ。まさかフェイト家に協力を約束することのお礼が学園への推薦とは思いもしなかったが、それだけ価値がある場所なんだろう。今後の糧にもなるし、十分に楽しませてもらうことにしよう」

「はい。私もがんばります。……ところでご主人様、屋敷でお話に出たヒイラギという家名のことなのですが……」

リリスが言い淀むように、視線を落とした時だ。

馬車がゆっくり速度を落として停止した。

「ついたようだな」とサナトが立ち上がるのを見て、リリスが慌てて先回りして扉を押し開いた。

「家名がどうかしたのか？　断る理由に使っただけだがまずかったか？」

「い、いえ……大したことではないので、またの機会で大丈夫です」

リリスが早口で言って馬車から降り立った。

御者が二人を待ち、もう一人は学園の奥に小走りで駆けていく。

大きな正門を潜り抜けた先には、色とりどりの花が所せましと植えられ、緑木が存在を主張していた。

中央では装飾をあしらった噴水が水を噴き上げ、飛沫を輝かせている。

「すごいです……」

ぽかんと口を開けたリリスの隣で、サナトも呆然と建物を見上げた。

想像より遥かに大きかった。

「これが、ティンバー学園か」

サナトの声が弾む。

今さら学園なんて——と心のどこかで斜に構えていた自分が恥ずかしくなり「さすが異世界だな」と認識を新たにする。

「とっても楽しそうな場所ですね」

リリスは心の底から嬉しそうに言い、自然とサナトの手を引いた。笑顔が弾け、束ねた髪が気持ちを表すように弾んだ。

「ご主人様、早く行きましょう！」

「ああ。遅刻はどこでも厳禁だからな」

第二十九話　上機嫌

人の流れが三方に分かれていく。

コの字型の建築物。中庭の噴水を起点に、左へ最も幼い集団。右に、彼らの数年成長後の集団。そして真っ直ぐ奥には、サナトを含む集団が向かう。

初等部、中等部、高等部が物理的に区分けされているのだ。

周辺には白いローブに身を包む目つきの鋭い人間が巡回しており、警備の厳重さを物語っている。

サナトはしげしげと周囲を見回し、やるせない表情になる。

「生徒を間近で見ると、気後れするな。フェイト家の話では年齢制限は無いらしいが……」

「ご主人様ほどの強者が気後れなんて」

リリスのフォローにサナトは内心で苦笑いする。

そうではない。

十代後半が大半を占める生徒の中で、二十代半ばのサナトが交じることに抵抗を感じているのだ。飛び級のような制度もあるのか、中にはリリスと年齢が変わらなそうな者もいる。

「さしずめ、社会人の夜間大学といったところか。周囲は高校生ってところだが」

「シャカイジン……とはなんですか？」

「すまん。気にしないでくれ。他愛のない話だ」

サナトは話を変えるように一階に吸い込まれていく生徒達に視線を移す。

「手荷物が無いのはいいな。全員がアイテムボックス持ちなんだろう」

「大きいと高価なものですが……」

「この学園に通える人間には大したことはないんだろうな。俺の学生時代は重い教科書を鞄に詰めて通っていたから、こんな光景は初めてだ」

「……ご主人様は、学園に通っていたことがあるのですか？　てっきり初めてだとばかり」

「色々と複雑な事情があってな。ただ、この学園で勉強するようなことは一つも学んだことはない。だからそういう意味で、リリスと一緒だ」

「あの……」

リリスの控えめな声に、サナトが「どうした？」と首を回した。

「もし、ご主人様が良ければ、その学生時代というお話をどこかで聞かせてもらってもいいですか？」

「もちろん。ただ、そんなに笑える話はないぞ」

「いえ、私が知っておきたいだけです」

サナトは微笑みながら「近いうちにすべて話すつもりだ」と言い、間近に迫った建物を一度見上げた。

「リリスには、もう隠す必要もないだろう」

サナトの表情は、憑き物が落ちたように晴れ晴れとしていた。

＊＊＊

入り口をくぐり、目の前に現れた景色に目を見張った。

「すごいな。外観からは想像できなかった。よくここまで似せたものだ。おそらく学園を作ったのも……」

出会うことのない創立者を思い浮かべて感嘆する。

そこには、まさに元の世界の中学や高校と同じ玄関があった。靴を履き替える習慣がないために下駄箱こそ置かれていないが、天井の高い開けた造りはよく知る建造物そのものだ。

魔石のエネルギーを利用した高価なランプが淡い暖色の光を放っている。

板張りの廊下の奥に視線を向けると「職員室」と書かれた金属のプレートが見えた。

凝り性だな、とサナトは頬を緩ませる。

逆に、リリスは見慣れない景色に戸惑いの声をあげた。

「変わった建物ですね……」

そう思うだろうな。心の中で相槌を打ち、目的の部屋に向かって歩を進める。

「話は通っているが、挨拶をするように」とサルコスに釘を刺されている。

もちろんその際の注意点も含めて、だ。

サナトが振り返る。

「リリス、悪いがここで待っていてくれ。挨拶を済ませてくる」

「はい、行ってらっしゃいませ。ご主人様」

リリスは丁寧に頭を下げた。この学園に通ううえで、付き人としての最低限のルールは教えられている。

サナトは「すぐに戻ってくる」と言い、身を翻した。

＊＊＊

生徒達が玄関を通り、階段を登っていく。

リリスは邪魔にならないよう壁際に寄った。

ここでは、付き人の行動はすべて主人の評価に跳ね返る。

緊張感から少しばかり身を固くしつつ、サルコスに勧められた「無の姿勢」をとる。

主人を待つ時に動かない姿勢だ。

背筋を伸ばし、あごを引いて、手は左手を上にして前で組む。

「間違ってない……よね」

リリスは手の位置を確認し、一瞬よぎった不安を振り払った。確かに練習した通りだ、と思い込んで胸を張る。

だが「失敗していたらご主人様に迷惑がかかる」という不安があとからあとから湧いた。

階段を上がる生徒達の、興味深そうな視線が不安を煽った。

敵には一歩の後れも取らない彼女も、これには参った。

敵意の無い多数の視線に対し、どう対応すれば良いのか分からない。

やっぱりどこかおかしいのかも。そう思って、もう一度確認しようとした時だ。

「へえ、可愛いね」

灰色の髪の男が、リリスを下から覗き込みながら、口端を上げた。

＊＊＊

「何かご用でしょうか」

戸惑うリリスに、男は返事をしない。視線を頭から足まで移動させ、立ち位置を変えて眺めた。

「君さ、上がったところでしょ？　僕が見たことないくらいだし」

したり顔に、リリスは困惑を深める。

上がったところ、とは――

質問の意図も意味も、即座に分からなかった。しかし、しばらくの間を空け、中等部から上がったところか、と聞かれていることに思い当たる。

生徒と付き人が会話することは稀だと聞いていたが、聞かれたことには答えなければ。

そう考えて首を横に振って言う。

「いえ、私は今日から入学しました」

「高等部から？　中等部上がりじゃなくて？」

「はい」

「名前は？」

「……リリスと申します」

「リリスさんか。優秀なんだね。……専門は？」

「専門とは何でしょうか？」

「知らないのか？　前衛か後衛かどっちだと聞いているんだ」

「……前衛……だと思います」

男は目を細めると「へえ」と口端を上げ、「僕はセナードだ」と告げて、リリスの手を取った。

得体の知れない悪寒を感じ、振り払おうと一瞬力を込めた。けれど、サナトに迷惑をかけてはならないと、ぐっと我慢する。

その間に手は引かれ、男の顔が降りてくる。

――これが例の挨拶。

リリスは事前に得ていた知識から、男の行動の意味を理解した。

頭では分かっていた。ザイトランの店でも、下卑た笑みで女性達にそういう挨拶をする男は数多くいた。

だが、される立場になったことはない。

こうまでも嫌悪感が湧くのか、と歪みそうになる顔を抑え、何とか逃げる方法を考えたものの、良案は出ない。

手慣れた動きの男に為されるがままのリリスは――

「人の連れに手を出すな」

男の肩に後ろから手をかけ、寸前で止めたサナトを見て、「ご主人様！」と弾んだ声をあげた。

離れた片手を嫌そうに一瞥し、そそくさと主人の後方へ移動する。

「痛っ、誰だ君は？」

男が瞳に苛立ちを浮かべて振り向いた。

「誰でもいいだろ。とにかく、手を出すな」

「手を出す？　僕は挨拶をしようとしただけだ」

「相手が嫌がっているかいないかくらいは確認するんだな」

「なにっ？」

男は、サナトの隣で敵意を滲ませるリリスを気にする風もなく、皮肉っぽく「僕の挨拶の価値すら分からないとは」と口角を上げる。

だが、次の瞬間、別の事実に気づいたようだ。

視線がリリスの顔から肩の銅色の盾紋に素早く向くと、苛立たし気に舌打ちを鳴らした。

「僕としたことが……付き人だったとは。まさか奴隷じゃないだろうね」

静かな怒りを含んだ声だ。

サナトは突き放すように言った。

「だとしたら何なんだ？」

「……最悪だ」

男は周囲を睨む。視線を感じ、生徒の数人が慌てて明後日の方を見ながら階段を駆け上がった。

自分は見ていなかったという露骨なアピールだ。

「見ていた者は少ないが、この僕が奴隷に挨拶など……まずいぞ」

「……で、もう行っていいんだな」

サナトは呆れた顔で言い、さっさと階段に向かう。

背後で「待てっ、不愉快だ」と声をあげた男を無視し、対応する気はないとばかりに背中を向けて言う。

「不愉快なのはこっちだ。行くぞ、リリス」

「はい……」

サナトは振り返らずに一歩一歩階段を昇る。

男が追いかけてこないことを確認し、リリスが沈んだ顔で言った。

「ご主人様、申し訳ありません。私が至らないばかりにお恥ずかしいところを……」

「珍しく狼狽《うろた》えていたな」

サナトの冗談交じりの言葉に、リリスが頬を膨らませた。

「意地悪をおっしゃらないでください。私はほんとに嫌で……でも……」と、しどろもどろに言葉を探す。

「すまない。別に責めるつもりはないんだ」

バツの悪そうなサナトが、視線を外した。

「ちょっとした嫉妬だ……忘れてくれ。確かに意地悪だったな。リリスが嫌がっていたのは見れば分かった」

「ご主人様……」

「自分でも、こんな些細なことで頭に血が上るようではダメだなと思っている。反省しないと」

髪を乱暴にかき上げ、やれやれとため息をついたサナトの横顔を、リリスは目を輝かせて見つめた。

――サナトは、リリスが知らない男に手を取られたことを心の底から怒っている。

不謹慎《ふきんしん》だと感じつつもその事実が嬉しかった。

「リリスは、俺に迷惑をかけるから、とでも考えて遠慮したんだろ？」

「……はい」

サナトが「だろうな」と振り返った。顔には苦笑いが浮かんでいる。

「今度から遠慮するな。俺に許可を取っていると言って振り払ってやれ。そんなことは迷惑にも入らん。それと……嫉妬の件は忘れてくれ。口が滑った」

「はいっ！」

サナトが「ほんとにどうかしている」と身を翻した。

リリスが軽いステップで後ろに続く。真新しい制服の背中を、にこにこと微笑んで見つめ続けた。

そして思った。

嫉妬されるってすごく嬉しいな、と。

第三十話　名家の証

教室の扉は開け放たれていた。

元の世界の教室に驚くほど似ている教室を目にして、サナトは次々と浮かぶ思い出に浸りそうになった。

入り口をくぐると、談笑中だった生徒数人が訝る瞳を向けた。

値踏みするような視線が飛びかう中、サナトは誰にということもなく会釈して中に進む。

室内には円卓が四つ存在した。

六人ほどが座れる大きさだ。生徒達がまばらに座っている。

教師からは「先に教室に向かうように」としか聞いていない。少し迷って、空いた場所に腰かけようと決めた時だ。

「あんたの席はここだぞ」

濃い茶髪を逆立て顎髭を生やした男が、教室の左奥で野太い声をあげた。

左手を招き寄せるように振り、そのまま人差し指を立てて、近くの椅子を指し示している。

サナトは驚きながらも、無言で円卓に近づく。

「ここに座っていいのか？」

「そんなことより、後ろのお嬢ちゃんは付き人だろ」

明らかに十代とは思えない様相の男だった。生徒達の顔つきと比べてみても、精悍という言葉がしっくりくる。制服がまったく似合っていない。

生徒というより冒険者だ。鎧に身を包めば戦士にしか見えないだろう。

サナトが頷くと、男はのそりと立ち上がって「付いてきな」と歩き出す。

「知らないなら覚えておきな。この教室は『生徒』だけだ。『付き人』は向こうだ。お嬢ちゃんが入っていい場所じゃねえ」

「そんなルールがあるのか」

眉根を寄せるサナトに男はがりがりと頭を掻いた。

本当に知らないのか、と言いたげな顔で、緩慢な足取りで教室を出る。指先を隣の教室に向けた。

「付き人用の教室はこっちだ。銅色の盾紋は目のかたきにされるから気をつけな」

「わざわざすまない」

男は鼻を鳴らし自分の席に戻っていく。

すると、リリスが悲しそうに瞼を閉じた。

「ご主人様と勉強はできなそうですね」

「そのようだな……」

「残念ですけど、仕方ありません。私にとってはこの学園に入れるだけでも夢のようですから。お店でも入学してみたかったと言ってた人もいました」

リリスが少し寂しげな笑顔を見せる。

「ご主人様に負けないよう、私なりにがんばります。でも……できればたまに、様子を見に来ていただけると嬉しいです」

「ああ、もちろんだ」

サナトは湧きあがった抱きしめたいという衝動を抑え、片手で髪を梳《す》くように撫でた。

＊＊＊

「挨拶が遅くなってすまない。初めまして、サナトだ」

「俺はガリアス。よろしくな」

ガリアスが小さめの椅子に背中を預けた。体が大きいので窮屈そうだ。

手ぶり、動作、雰囲気の何もかもが冒険者に近かった。《神格眼》で覗くと、年齢もサナトを超えている。

教室を見回しても最年長だ。

一方、円卓の左前にはずっと本を読む黒髪の少女。

顎までの長さに切りそろえた髪の片側に、黄色い紐がアクセントのように編み込まれている。

何度か盗み見るような視線を感じたものの、サナトが顔を向けると、必ず読書中を装っている。

「何も聞かないのか？」

他の円卓で談笑が続く中、サナトはどちら宛てとも取れる質問を投げかけた。

しかし、二人は言葉を発することがない。

少女は読書をし、ガリアスは暇そうに殻付きの木の実を取り出し、ごりごりと音を鳴らして握りこんでいるだけだ。

「何を聞いたらいいんだ？」

沈黙の後、ガリアスは少女が口を開かないのを見て取り、肩をすくめて答えた。

どこか楽しんでいるように見える。

「ここにいる理由とか――」

「知ってるさ」

ガリアスがサナトの言葉にかぶせて言う。

「名門フェイト家の後ろ盾を受けて入学を許された男。理事会を通さず学園長権限で試験免除。魔法使い。最近強いと評判になっていた元冒険者。いや……現在もそうだったか」

すらすらと告げられた言葉に、サナトが目を丸くする。

ガリアスはからかうように目を細め、「まだあるぞ」と笑う。

「美人の奴隷持ちで、ついでにフェイト家のアズリー嬢のお気に入りだ」

「別に気に入られてるわけじゃない」

「あの家が、何とも思ってないやつを推すわけないだろうが。もう一つの可能性もあるが、どっちにしろ目をかけてることに違いはねえ」

ガリアスは「なあ」と斜め前に座る少女に向けて同意を求めた。

しかし、少女は「私はよく知りません」と、か細い声をあげて、本と見つめあうだけだ。

（癖のありそうなやつらだな）

内容は間違っていないが、情報の出どころは尋ねる必要があるだろう。フェイト家が赤裸々に語ったとは考えにくい。

「おい、そこは僕の席だぞ。誰だ君は」

サナトがどう探ろうかと悩んだ時だった。

背後から不機嫌そうな声が聞こえて振り返った。玄関でもめた灰色がかった髪の男が立っていた。

＊＊＊

「君は……」

男は、みるみるうちに苛立ちを顔に表した。「まさかまた会うとは」と、口端を嫌みったらしく曲げて言う。

「今日から来る新入生が君とは。さっきは世話になったな」

「おっ、もうセナードと知り合いか？　ってことは、玄関で間違って口づけした奴隷ってのは……」

ガリアスのからかいに、セナードが彫像のように凍りついた。

誰かがペンを落として転がった。

室内がしんと静まり返る。間髪容れず激高する声が響いた。

「誰から聞いた⁉」

「大きな声出すなって。ちょいと耳にしただけだ。名門イース家の坊ちゃんが他家の奴隷に手を出したってな。犯罪だぞ」

「大げさに言わないでくれ！　僕はちゃんと気づいて止めた！」

顔を真っ赤にしたセナードが、ガリアスの胸倉を掴んで椅子から引き上げる。

だが、立ち上がったガリアスの頭はセナードよりも上にある。一転して見下ろす形となった彼は面白そうに笑う。

「挨拶のベテランだって失敗することもあるさ。けど良かったじゃねえか。そこのサナトはフェイト家の息のかかった者だ。奴隷でも少しはメンツが守れるんじゃないのか」

「なにっ？」

セナードが勢いよく首を回してサナトを見た。

口をへの字に曲げ、「フェイト家だと。それなら」とつぶやき、目まぐるしく表情を変化させる。

そして、その後ろ姿を見つめて笑うガリアスと、痛ましそうな視線を本の上から向ける少女に気づかないまま、セナードは突然態度を軟化させて自信ありげに胸を張った。

「フェイト家の奴隷だったとは。ならば僕が奴隷だと気づけなかったのも致し方ない。名家であれば奴隷にも気品が備わるからな」

セナードは「フェイト家」と「奴隷」という言葉を強調し、サナトではなく教室を睥睨《へいげい》するように視線を回した。

反対の意見がないことに満足気に頷き、制服のポケットから何かを取り出す。

板状の小さく薄い宝石だ。緑色の光を放っている。

うっとりと表情を緩ませたセナードが顔の高さに持ち上げて言った。

「イース＝セナード」

宝石が淡い光を強め、セナードが発した言葉を表面に浮かび上がらせた。

彼が、見ろとばかりに、ゆっくりと振る。

うんざりした生徒達の視線を、優越感を滲ませた顔で受け止める。サナトに、「ほら、君も。名家同士、仲良くやろうじゃないか」と水を向ける。

「なんだそれは」

「え？」

セナードの自信に満ちた笑みが、ひび割れた。半笑いのまま表情が固まり、二の句を継げずに立ち尽くす。

ガリアスが平坦な声で言う。

「そう言えば、サナトって『家名』を断ったって話だったな。知らなくて当然だ。忘れてた。わりい」

「……はあっ⁉」

第三十一話　自在の魔法

「しつこいやつだな。ちょっとからかっただけだろ」

「今のは明らかに僕を貶めるつもりだった！」

鼻息荒く詰め寄るセナードを、ガリアスが鬱陶《うっとう》しそうに押し返す。

片手で距離を取り、「手当たり次第に声をかけるからそんなことになるんだ」と小声で毒を吐く。

セナードの顔色が赤みを増した。

「君に僕の苦労が分かるのか！」

「……おい、セナード」

ガリアスが声を落とした。細めた目には、苛立ちが見え隠れする。

セナードが言葉を呑み込んだ。

「なにを怒ってるんだ。奴隷だと思わなかったと言えば終わりだろ」

「それは……」

セナードが視線を落とした。

下唇を噛み、「僕は……」と尻すぼみにつぶやいた。

ガリアスは軽く肩をすくめ、場の雰囲気を切り替えるように、「いつもの口喧嘩だ。気にすんな」と、周囲にアピールする。

そして、「しょうがないやつだろ?」とサナトに目で語った。

「ということで、あんたも歓迎するぜ。めんどくさい者達の円卓へようこそ」

「ガリアス、言い直せ……将来有望な者達の円卓だ。少なくとも僕はそうだ」

セナードが憤慨した様子で言った。

＊＊＊

「先生来たよ」

黒髪の少女がタイミングよく口を開いた。

軽い音を鳴らして本を閉じ、教室の入り口に視線を向ける。

髪に編み込んだ黄色い紐を触り、「早く座らないと怒られちゃうよ」と抑揚のない声で言う。

セナードが「ふん」とそっぽを向きつつ着席し、ガリアスはサナトに空いた椅子を勧める。もちろんセナードの指定席以外だ。

教室に入ってきたのは、まったく教師らしくない格好の女性だった。

名はカルナリア。

黒い革の軽鎧に大中小の三本の刀剣を背中に斜めに差し、太ももには投擲《とうてき》用のダガーを装備している。依頼をこなしに、森に入ろうとするような重装備だ。

長い紺色の髪を一つに束ねた彼女は、教壇《きょうだん》の近くに寄り、切れ長の凛々《りり》しい目を向けた。

「騒がしいようだが、何かあったのか？　またガリアスか？」

凛とした声に室内が静まり返った。

「今日は機嫌悪そうだな」と後方で小さくつぶやいた男子に、カルナリアが素早く反応した。

「何か言ったか？」

射殺《いころ》さんばかりの視線を向けられ、男子はすごすごと小さくなる。

ガリアスが引き継ぐ形で軽い声をあげた。

「ちょっとじゃれてただけだって。問題なんて無いから、とっとと始めてくれ」

「……まあいいだろう。今日はそれよりもやらないといけないことがある。サナト、前へ。まずは自己紹介だ」

カルナリアが手招きをした。

サナトは思わぬ展開に逡巡《しゅんじゅん》する。

戸惑いつつも重い腰を上げ、気が進まない心情を表すようにゆっくりと前に進み出た。

（まさか全員の前で自己紹介とは。勘弁してくれ……）

湧きあがった気恥ずかしさを抑えつつ、他の生徒に見えないようにため息をついてから、くるりと振り返った。

先ほどの一幕が原因だろう。たくさんの瞳にありありと好奇心が浮かんでいる。思わず逃げ出したくなる衝動に駆られた。

「昨日、すでに入学の件は伝えたが、彼がサナトだ。今日から新しく入った仲間だ」

「……ご紹介いただきました、サナトといいます。えっと……魔法使いです。どうぞよろしくお願いします」

「それだけか？」

「……そのつもりですが」

「他にあるだろ。魔法使いなら、得意な魔法とか、属性とか、今まで一番手ごわかった敵の話とか、強い魔法はなにが使えるとか」

「戦いの話ばかりですが……」

「当たり前だ。この教室の生徒は名家に推薦される魔法使いなんて見たことがない。私だってない。ぜひどの程度のものか知りたい。フェイト家に招かれるほどだ。すごいんだろ？」

「フェイト家のことはあまり大っぴらにしないという話では？」

「あの家の思惑は知らんが、ここで隠すのは不可能だぞ。ほとんどが家名持ちだ。横のつながりで面白そうな噂話はすぐに広がる。だな？」

カルナリアが当たり前だろとばかりに、生徒達に同意を求めた。

あちらこちらで「もちろん知ってる」という声があがり、誰もが首を縦に振っている。

「そういうことだ。自分で話さないなら質問形式に変えよう。得意な属性はなんだ？」

「属性？　使い慣れているのは火ですね」

「覇気が感じられない返事だな。言っとくが、私は学園長や名家が推しているからといって特別扱いはせんぞ。その名に恥じない力が無ければ話にならん」

きっぱりと「色眼鏡では見ない」と言い切ったカルナリアは、教師として正しいだろう。

彼女は腕組みをして続ける。

「得意な魔法は？」

「……《ファイヤーボール》です」

「《ファイヤーボール》？　初級のか？」

「ええ」

生徒の中から失笑が漏れた。

カルナリアが目でたしなめる。

サナトはむっつりと押し黙った顔で、口をへの字に曲げた。

「当然普通の魔法じゃないんだろ？　よし、見せてみろ」

「ここで……ですか？」

サナトは顔を引きつらせた。

＊＊＊

「訓練場に移動するか？　近いぞ」

「いえ、魔法を披露するためだけに、そこまでしてもらう必要は……」

「なら、早速始めるか」

「……やるのが前提なんですね」

「当然だろ。別に工夫している点を説明しろと言ってるんじゃない。見られてまずいものでもあるまい」

カルナリアの言葉に、サナトは「仕方ないですね」と嘆息し、背筋を伸ばして前を向いた。

「まさかと思うが、狙いを外すことはないな？」

「もちろんです。ですが、何を狙うのですか？」

「木だ。ではガリアス、そっちの左前の窓を開けろ」

カルナリアが小間使いに言うようにガリアスに指示した。

「なんで俺が」と愚痴る彼は、顔をしかめつつ腰を上げる。

開け放たれた二階の窓の外から中庭が見えた。色とりどりの花を植えた花壇に加え、木が規則的に点々と植えられている。

背の低い植物と高い樹木。

高低差を活かした植栽《しょくさい》を視界に入れながら、カルナリアは平坦な声で言った。

「どれを狙ってもいいが、一発目は一番大きな木に向けて放て」

「分かりました」

サナトが窓に近づき、視線を外に移す。

そのまま右手を目標物に向けたまま尋ねた。

「確認ですが、本当に撃っても問題ないんですね？　古そうな木ですけど傷つけて大丈夫ですか？」

「構わん。責任は私が持つ」

「分かりました……では、炎よ、我が手に宿れ《ファイヤーボール》」

サナトの手のひらに小さな火球が生まれた。それは瞬時に円錐型の短い槍に変化した。

興味深そうに窓側に集まってきた生徒達は――

ヒュンという、わずかな風切り音だけを耳にした。

誰も目で追えなかっただろう。

火槍は瞬く間に目標物に到達し、音もなく拳サイズの空洞を穿った。

サナトがさらに立て続けに呪文を二度唱え、甲高い音が鳴ると同時に、木の幹に次々と同じサイ

ズの穴が空く。

大口径の弾丸が貫通したような跡が合計で三つ。見事に三角形を描く位置だ。

「……《ファイヤーボール》って穴空ける魔法だっけ？」

窓に乗り出した生徒の一人が、隣の人物に恐る恐る質問を投げかけた。

「さあ」と生返事をした生徒は、木に空いた穴を唖然とした表情で見つめる。

サナトはそれらを横目に、どうしようかと思案する。

魔法の形状を変化させて《生成速度》を上げ、木を撃ち抜いたのだ。だが、見逃した生徒の中には「結局どうなったの？」と首を傾げる者もいる。

『ちょっと地味すぎた？』

「速度重視は分かりにくかったかもな。今度は見た目を意識しよう」

ルーティアのつぶやきに、サナトが声を潜めて答える。

狙いを小ぶりな別の木に変えて四発目の《ファイヤーボール》を放とうと魔力を込めた。

今度は逆だ。

《生成速度》を落とす代わりに、火球を普段より大きくした。形状も槍から球体に戻した。

間近で火球の膨張を目にした生徒がぎょっと顔を強張らせた。

みるみる人間の上半身ほどに膨れ上がった紅い球体が、轟と音を立てて飛んでいった。

生徒の誰もが目を点にした。

　そして――
　着弾した火球は、青々と茂った葉を瞬時に消滅させ、その場は灰燼に帰した。

第三十二話　露見する力

　教室はわずかに間をおいてどよめいた。

「なにあれ⁉」

「《ファイヤーボール》じゃねえよ！」

「でも呪文はそうだった」

　口々にはやし立てる生徒達が競って窓から身を乗り出し、黒色に変わった場所を見つめる。

　一方、その波に弾き出された数人は、サナトに近づき、「どうやったの⁉」と目を輝かせる。

「今の、ほんとに《ファイヤーボール》なの？」

　とある女子生徒の質問を皮切りに、サナトの周囲で様々な声が飛び交った。

　別の生徒が「それそれ！」と相槌を打ち、「もう一発見せてみろって！」と別の男子生徒が大声で煽る。

　思っていた以上の反響だった。

遠慮がちだった生徒達の表情は興味を帯びたものとなり、サナトを質問攻めにし、窓際へと追いやる。

サナトは集団に力負けする形となり、やむを得ずカルナリアに助けを求めた。

授業中だ。やめてくれ。含みを持たせた視線を素早く送る。

しかし、カルナリアは気づかないのか、ぽかんと口を開けて腕組みをしたまま、最初に撃ち抜かれた方の大木を見つめている。

そして、何も口にすることなく、慌ただしく踵を返して教室を出た。

＊＊＊

——そんなばかな。あの木を撃ち抜いただと。

自分の目が信じられなかった。

歩幅が自然と大きくなる。

逸《はや》る心が歩き方を乱し、廊下に聞きなれない足音が響いた。だが、そのせいか、幾分冷静さを取り戻した。

階段を降りたところで、白いローブを纏った学園の警備員とすれ違った。

交替の時間だろう。何もこんな時に、と彼女は小さく舌打ちを鳴らす。

「カルナリア先生、どうかしました？」

「いえ、何も」

カルナリアは素知らぬ風を装って、警備員の側を素早く通り抜ける。

訝る視線が追いかけてきたが無視した。

本来であれば授業中だ。教師が生徒を置いて立ち去るなどあってはならないことだ。不審に思うのは当然だ。

しかし、今はそれどころではない。

何よりも先に確認しなくてはならないことがある。

「授業中ですよ」

警備員が完全に足を止めた。

「少し用事がありまして」

咎める声に、カルナリアは片手を上げて「すぐに戻ります」と答えた。

重々承知だ。見逃してくれ。

カルナリアは心中で付け加え、逃げるように小走りで中庭に出た。

中庭は高等部の教室から丸見えだ。

サナトを中心に盛り上がっている生徒達もいずれ収まるだろう。

そうなれば、カルナリアが授業を放棄して現場を確認しに来たことは誰かの目に留まる。偶然外を眺めた同僚にも責められるかもしれない。

すでに警備員には知られたが、できるかぎり隠すべきだ。

カルナリアは《影渡り》――MPを消費することで一定時間、自分の姿を捉えられにくくするもの――を使用し、自分の姿がわずかに透き通った状態になったことを確認すると、「あそこだな」と駆け出した。

目につきにくい障害物の多いルートを素早く移動する。

ほどなくして、目的の木にたどり着いた。

「……やはり消えている」

カルナリアは大木を唖然として見上げた。

片手を当てて見回しながら、ぐるりと一周し、とある場所で足を止めた。背伸びをして幹をまじまじと見つめる。

「初級魔法でこんな芸当が……」

目の前でぽっかり口を開けている三つの穴の一つに拳を差し入れる。

深い。

拳を抜いて裏に回れば、同じ大きさの穴があった。間違いなく貫通している。

最初から設置された魔法が働かなかったのでは、という疑問も浮かんだが、あり得ないと首を振った。

この木に小細工を弄することは不可能だ。

そもそも、サナトが試し撃ちを求められる展開を予想できたはずがない。

それに、幹から立ち上る焦げた臭いが、たった今起きたことを証明していた。

「まさか、サナトは後衛でもあのレベルなのか……トルドウルフすら瞬殺できる近接攻撃だけじゃなく、普通の魔法までもが桁外れだと？　どんな人間だ」

穿たれた穴の淵《ふち》を指で触れた。

学園の貴重な備品が一つ消滅したことは、頭の片隅にも浮かばなかった。

「特別扱いをするつもりはなかったが、すでに特別だということか」

「色んな意味で特別なのは間違いねえな」

カルナリアの背後から、おどけた声がかかった。

彼女はゆっくり振り返り、嫌そうに眉を寄せた。

「……ガリアス、授業中だぞ」

「やっぱ近づいてるの気づいてた？」

ガリアスは、「やっぱ本業には敵わねえな」と苦笑いを見せる。

別に見つかっても良いと考えているのか、隠れる素振りもない。

「《影渡り》が雑すぎるからな」

「さすがはギルドの暗部。兼業ってのも大変そうだな。ところで……俺の前でその口調やめてくれない？　ただでさえ肩が凝ってしょうがねえんだから」

にかっと笑みを見せたガリアスに、カルナリアが大きくため息をついた。

両手を腰に当てて、じとっと目を細める。

そして人が変わったように、フランクな口調で言った。

「そういうところが馴れ馴れしいのよ。あんたとはもうパーティじゃないんだから。だいたい、立場を悪くしてまで現場を確認しにきてるのに、よくもイタズラみたいなことができるわね。少しは私のために真剣に隠れたらどうなのよ」

「俺らの《影渡り》を初見で見破れる生徒なんていないから心配すんな。それより、あの魔法はなんだ？　俺もさすがに度肝抜かれたぞ。ガキどもは盛大に燃えた方しか興味ねえようだけど、さらに異常なのはこっちだ」

焼け焦げた場所を苦笑交じりに眺めるガリアスを、カルナリアが盗み見る。

わずかに感心の色が浮かんでいる。

「そう……あんたは分かるのね」

「どっちもすげえが、燃やす方はまだ理解できる。《ファイヤーボール》そのものだ。けど、事前にカルナリアが警備員に依頼した《三柱風牢》をぶち抜いたあげく、幹まで貫通する初級魔法なんてありえるのかって話だ」

ガリアスが真剣な表情で大木に近づき、数メートル離れた位置でしゃがみこんだ。すばやく土を掘り返し、「やっぱな」と眉根を寄せる。手には球状の茶色い陶器のようなものを載せていた。表面は湿った土が付着し、奇怪な模様が描かれている。

「予想はしてたけど、見事に割れてるわね」

「魔法を持続させる道具までこの有様とは……」

「余程の負荷がかかったのね。三人で連携した《風牢》となると上級魔法でも壊せないはずなのに……サナトは、この木が破壊できないように事前に魔法で防御されてたなんて気づいてないでしょうね」

「あの距離だと《風魔法》は見えないだろうから、知るはずねえよ」

「常識が無茶苦茶だわ。一度彼を遠目に見たけど、てっきり全能力を前衛に注いだタイプだと思ってた」

「前に言ってた帝国の連中を殺した時のことか」

事も無げに言ったガリアスの言葉に、カルナリアが凍り付いた。

「……そこまでの話、したっけ？」

「おう。この前、『とにかくとんでもないやつがいるの！』って酔っぱらって言ってたぞ」

意地悪く口端を上げたガリアスを見て、カルナリアが天を仰いだ。

すぐにきっと睨みつける。

「忘れて」

「いいぞ」

「やけにあっさりね。何が望み？」

「別に何も望んじゃいねえよ。俺を何だと思ってるんだ。そんなことより、どうするんだ？　この件はギルドに報告するのか？」

「当たり前でしょ。サナトの新しい情報よ。暗部としては放って置けないわ。それに――」

カルナリアが三つの穴を眺める。

「いくら名家が目をつけるほどとは言っても、魔法の『変化』が異常すぎるわ。この跡はどう見たって――」

「《ファイヤーランス》だろ？」

「ええ。中級魔法だから、《三柱風牢》を貫く攻撃力は無いはずだけど、それを除けばよく似てる」

「ただ、そうなると呪文の問題が残るな」

「そうなの……あのとき彼が口にしたのは確かに《ファイヤーボール》の呪文だったし。ずっと武器だと思ってたけど、トルドウルフを倒した時の刃物も、まさか魔法じゃ……」

「さすがに形が変わりすぎだろ。武器に纏う魔法ってのはあるが、魔法自体を刃に変えるってのは工夫の範疇《はんちゅう》を超えすぎてる。まあ、真相究明はギルドに任せた方がいいんじゃねえの？　名家にすり寄った俺と違って、サナトはギルドの懐に残ったままなんだろ？　そのうち分かるさ」

早々に考えるのを放棄したガリアスに、カルナリアが柳眉を寄せて言う。

「少しは気にならないの？　よくそれで学園に来たわね」

「まあ……俺にも色々あるんだよ。色々な」

「別にあんたのことはどうでもいいけど、授業中にそういう態度はやめてよ。他の生徒にうつると困るから」

「心得てますよ、カルナリア先生」

「どうだか」

カルナリアは疲れた様子で、「あんたはさっさと戻りなさい」とひらひらと犬を追い払うかのごとく手を振った。

そして、「ひどい扱いだな」と苦笑いするガリアスを無視し、くるりと背中を向けた。

「私は、あっちの黒焦げ跡も確認しなくちゃならないから。暇ならセナードを見ておいて」

「なんで俺が」

「気づいてなかったの？　あの子が誰よりも言葉を失ってたからよ。彼も家の事情があるのは知ってるでしょ。少しは年長者らしいこともしなさいよ」

カルナリアはそれだけ告げると大地を軽く蹴り――

「お姉さん、なかなか分かってるね」

突然聞こえた子供の声に、慌てて足を止めて振り向いた。

そこには、静かに微笑んでいる白髪の少年が立っていた。

金色の双眸が不気味に輝いていた。

第三十三話　巨頭

カルナリアが飛び退いた。

反射的に剣の柄に手をかけ、抜刀する。

「お前は……」

声が震えた。

喉奥は干上がり、心臓が早鐘のように音を鳴らす。

気づくと、鳥のさえずりや、花壇を舞っていた虫の羽音が聞こえない。不気味なほどに深閑《しんかん》とした景色は墓場のように見えた。

子供達の片割れだ。

カルナリアの脳裏に記憶が蘇る。遠目に見ただけだが、間違うはずがない。

たった二人で帝国の騎馬兵を惨殺した恐るべき人間だ。

なぜここに。サナトがパーティメンバーの一人を待機させているのか。

混乱し始めた思考を慌てて振り払って少年を睨みつける。

「いつの間に……」

ガリアスの声にも緊張感が滲んだ。《影渡り》を見破ったばかりか、気配なく近づいた人間に脅威を感じたのだろう。

「動かないで」

カルナリアは有無を言わせぬ口調で言った。

目の前の子供に向けたものではない。アイテムボックスから武器を取り出そうとしたガリアスに対してだ。

子供はガリアスをまったく気にしていない。不思議そうな顔で、カルナリアを見つめている。

「その様子だと僕のこと知ってるみたいだね。どこかで会ったっけ？」

「……」

「おかしいなあ、どこだろ？　全然記憶に無いや」

おどけた態度で中空を見上げた少年は、「うーん」と考え込む素振りを見せる。

「一度会ったら忘れないんだけどなあ」と悩む姿は、愛くるしさがある。

しかし、合間に向ける金色の瞳には何かを探る色がある。

カルナリアのこめかみに大粒の汗が流れた。

太ももの投擲武器に片手をかけた体勢で、動きを窺う。

「まあ、だいたい想像はつくけど、やめとこ。仕事前に寄り道するとまずいしね。お姉さんとは中途半端になっちゃうけどいい？」

両手を頭の後ろで組んだ少年が目尻を下げた。

カルナリアは無言で首を縦に振る。それ以外に選択肢は無い。

戦闘だけは避けなければならない。

「余計なことは聞かないと。鋭いうえに、賢明だね。一応、名前聞いとこうかな」

「……断らせてもらう」

カルナリアがぼそりと言う。

少年が金色の瞳を眇め、にやっとひび割れた嗤いを見せた。

「やっぱり賢いや。じゃあ、顔だけ覚えておくよ」

少年が「またね」と手を振る。

くるりと背中を向け、足音を立てずに真逆の方角に向けて歩き出した。

少年の姿が見えなくなる頃、カルナリアは膝を痙攣させて崩れ落ちた。

「はあっ、……はあっ……」

止まっていたような心臓の動きを感じながら、浅い呼吸を繰り返した。

ガリアスが慌てて駆け寄った。

「どうした、らしくないぞ」と軽く声をかけたが、カルナリアの顔は血の気が戻らない。

「大丈夫か？　あいつは誰だ？　知ってるのか？」

矢継ぎ早の質問に、カルナリアは答えなかった。

話せる内容じゃないのだ。たとえ話しても、見ていなかった人間が理解できるはずがない。

あの少年は、化け物なのだ。

＊＊＊

カルナリアが教室に戻っても、喧騒は収まっていなかった。

サナトの席を囲み、「なにか特殊なスキルだろ」と顔を歪めてぶっきらぼうな態度を見せる生徒もいれば、離れた位置で静観する生徒もいる。

隠れて確認しに行ったことがバカバカしく思えるほどに、誰もカルナリアの不在に言及していない。

しかし、何も変わらない生徒達を見て、カルナリアはほっと胸を撫で下ろした。

白髪の少年のせいで、自分が別世界に叩き落とされたように感じていた。

まさかとは思いつつも、教室の全員が殺されていたら——という想像をしなかったかと言えば嘘になる。

「お前達、それ以上はまた今度にしろ。サナトの魔法は確かにすごかった。フェイト家が推すのはよく分かった……だが、だからと言って、他のやつらも負けないようにな」

カルナリアが両手を打ち鳴らして言った。鎧下が脂汗でべたついて不快だったが、おくびにも出さなかった。

誰かが「うわっ、つまんねえ感想」と口にし、あちこちで同意の声が上がる。

「先生がやれって言ったのにそれだけかよ」

「先生も初級魔法であんなことができるんですか？」

カルナリアが力無く微笑んだ。

「私は剣士だぞ、魔法はよく知らん。他の先生に聞いてくれ」

不満げな生徒の言葉をかわしたカルナリアは、わざとらしく大きな掛け時計に視線を向けた。

「魔法の話は張本人に聞いてくれ。実技の授業はここまで。あとは自習だ。次の座学の予習でもしておいてくれ」

カルナリアが背を向けて教室を出る。

「今日の授業って結局サナトの自己紹介で終わり？　だいぶ時間余ってるのに」

ひそひそと話す声が耳に届いたが、カルナリアは振り返らなかった。

既に視線が廊下に立つ人物に釘付けだった。

白いローブを纏った二人の警備員が、険《けわ》しい顔で彼女を待っていた。

＊＊＊

高等部の建物は四階建てだ。

二階が生徒教室、三階が滅多に使われない実習室。そして、四階が目的地の理事達の部屋だ。

カルナリアは左右を警備員に挟まれて歩く。三人が口を開くことはなかった。

横目で窺うと、警備員が視線に気づいて彼女を見返した。

「もうすぐ着きますから」

何も聞くなということだろう。

上り口に立つ別の警備員が、仲間と軽い挨拶を交わして目で「入れ」と促す。

カルナリアが無言で階段を上り、長大な廊下にたどり着く。

数多くの部屋に分かれた一階から三階までのフロアとは異なり、四階はわずか四部屋となっている。

エリアへの立ち入りは、緊急時を例外として、普段は許されない。

「では、あとは中で聞いてください。我々はここまでですので」

警備員が顔に安堵の色を浮かべた。肩の荷が降りたと言わんばかりだ。

扉の向こう側には学園が誇る最強の指導者達がいる。それも、尋常でない強者達だ。

権力者である彼らから直接頼まれる仕事となれば、何かと気が張るのだろう。

だが、問題はそれだけではない、とカルナリアは思う。

「武器はこのままでいいの？」

カルナリアは念のため尋ねたが、答えはすでに知れている。

予想どおり、身もふたもないものだった。

「もちろんですよ。あの方々が全員揃っていて何か起こるなどありえませんから」

そう言った警備員は早々に身を翻して場を立ち去った。

カルナリアはノックの後、返事を待たずにドアを開け中に足を踏み入れた。呼び出した時点で相手も来ることは分かっているだろう。

「お呼びでしょうか」

窓のない広大な空間が目に入った。

淡い調光、高い天井。開けっぴろげな教室とは違う閉鎖された部屋だ。

中央に鎮座する机以外は、あとから導入したのだろう。壁の色と調和がとれていない。

真新しい本や盾、魔法増強用の指輪に、枯れた花や植木やビンなど、用途の分からないものも含めて、乱雑に散らばっている。

カルナリアは「いつ来ても不気味だな」と内心でつぶやき、息苦しさを解《ほぐ》すようにゆっくり深呼吸を繰り返した。

「お疲れさまです、カルナリア先生」

壁際のソファにしなだれていた歳若い青年が立ち上がった。

長めの茶髪を自然に降ろした男は、中央のU字型の机を指し示し、「掛けてください」と、人懐っこい笑みを浮かべた。

そして「先生が来てくれましたし始めましょうか」と、奥で古い書物を大量に広げた人物と、壁際の質素な椅子で船を漕ぐ男に近づき「さあ、さあ」とせかすように近づく。

三人の男達が机についたのを見届け、カルナリアはU字の開いた位置に置かれた椅子に腰かけた。

「僕らって全然片づけができない人間なんですよ」

散乱物を盗み見たカルナリアに反応した男が、微苦笑と共に言った。

整った顔立ちの彼が学園最強と名高い、高等部のとりまとめ役であるアルシュナだ。

驚くべきことに、年齢は六十歳に近いと言われているが、まったくそうは見えない。

老化を止める手段を手に入れたと噂されているが、真相は不明だ。

寿命が長い種族と原理は同じなのかもしれない。

「身内といっても少しは恥ずかしいので、あまりじろじろ見ないでくださいね」

両手を広げて、こっちを見てとアピールするアルシュナに、カルナリアは小さくため息をついた。

「……用件はなんでしょうか？」

「あれ？　分かりますよね？」

「授業放棄の件だ」

おどけた様子のアルシュナを諌めるように、机の左手前に座った年老いた男が重々しく言った。

名はダンドロン。

茶色いローブを纏い、ねじくれた黒っぽい木の杖を手にしている。黒ずんだ皮膚の禿頭と鉤鼻が異様な様相を際立たせている。

しかし、気難しそうな見た目とは裏腹に、初等部のとりまとめ役である彼の評判は決して悪いものではない。

「まあ、気をつけてってことだよ」

ダンドロンの対面でだらしなく背中を丸めていた男が、「そんだけの話」とカルナリアを見ずに言った。

投げやりな態度から興味の無さが窺える。

群青色の髪を刈り上げ、幾分縦に顔が長い彼はシルキス。中等部のとりまとめ役だ。

「確かにシルキス先生が言った通りなんですけど、少し質問をさせてください。授業中、どこに行きましたか?」

「中庭です。生徒に魔法を撃たせたのですが……少し気になることがあって、私が調べに行きました」

「どんな魔法ですか?」

「《ファイヤーボール》です」

シルキスがずるりと椅子から滑り落ちそうになった。

彼はこれ見よがしにため息をつき、姿勢を元に戻した。

「もうこの話終わりでいいんじゃない？　なにが気になったか知らないけど、《ファイヤーボール》なんてどうでもいいでしょ。さっさと終わりましょうよ」

アルシュナが苦笑して続ける。

「魔法を撃たせたのは、例の新入生ですか？」

「はい。名家に目をかけられる人間の魔法とは、どの程度かと試し撃ちをさせました」

「なるほど……」

アルシュナがじっと考え込み、ダンドロンが杖で床を打ち鳴らした。

聞き取れない言葉と共に、背後に複雑な魔法陣が浮かび上がる。濃緑の円の中から、小さなトンボに似た蟲がふわりと飛び出した。

細長い体に大きな目。小刻みに振動する八枚の翅《はね》は網目状の翅脈《しみゃく》に支えられている。

カルナリアが安堵の息を吐いた。まだ見られる蟲だ。

『魔蟲のダンドロン』と呼ばれる彼は《召喚魔法》を得意としており、召喚されるものの中には見るからにおぞましいものもいる。

初等部では珍しい蟲を見られて喜ぶ生徒も多いが、ダンドロンが本気で戦闘に使う蟲は思わず目を背けたくなるようなものが多いのだ。

カルナリアは数年前の『光矛祭』で巨大な蟲に乗って登場したダンドロンを見たことがあった。

別の意味で敵に回したくない人間だ。

「学園長が直々に入学させた生徒か……気にしすぎとは思うが、そこまでアルシュナが気になるなら、わしの蟲を調査に出すとするか」

「いえ、ダンドロン先生にそこまでしてもらう必要は……僕の好奇心から出た質問ですので。分かりました、お二人の言う通りです。もうこの話は終わりにします。調査の機会はすぐにやってきますしね」

アルシュナが「面倒かけてすみません」と頭を下げる。

ダンドロンが頷き、「だが、それはそれとして」とカルナリアを睨んだ。背後に浮遊する蟲も、微小な動きで視線の先を追う。

「模範になるべき教師が、いかなる理由があれ授業放棄とはいただけんぞ」

「確かにねー。カルナリア先生はそういうところ真面目だと思ってたのに」

背中を曲げて座るシルキスが、だらしない態度で目を細めた。

アルシュナが言葉を引き取って言う。

「今日の目的はそういうことです。生徒の家に授業放棄の話が広がると色々面倒なので、以後控えてもらえますか？　もし授業中に調査が必要なら、警備員を使ってもらって構いませんから」

「……分かりました。ご迷惑をかけてすみません」

「本当は処罰も、と考えたのですが、カルナリア先生はいつも真面目に取り組んでもらえているので、大目に見ます。鳴り物入りで入学した彼の実力が気になったのは十分分かりますしね。いずれにしろ、もうすぐ遠征中の選抜隊が戻りますし、近々、『光矛祭』もあります。すぐに分かるでしょうから、カルナリア先生も興味を持つのはほどほどに」

「……今年も『光矛祭』にはアルシュナ先生が出るのですか？　昨年はモニカに圧勝してましたが」

カルナリアの質問に、アルシュナがバツの悪そうな顔を浮かべた。

左右の二人にちらりと視線を送り、反応が無いことにため息をついた。

「モニカさんには申し訳なかったと思います。彼女、結構強くて……ケガをさせないようにあしらうのが難しかったんですよ。だから、それもあって、今年はシルキス先生かダンドロン先生にお願いしたいと思っているのですが……色よい返事をいただけてないんです」

アルシュナは複雑な表情で、「今年は何か工夫しますので」と言葉を濁した。

第三十四話　動き出す強者

アルシュナは、四階の自室でとある地図を片手にワインを口にした。

薄いガラス製のグラスを傾け、皿に載せたチーズを手に取る。

青かび特有の強烈な匂いが鼻につき、端整な眉根を寄せた。

土産としてどうぞ、と渡した人間の顔がちらつき、げんなりして戻す。

「やはり、僕にはこっちが似合うね」

アルシュナは独り言とともに、もう一種類のハードチーズを口に放り込んだ。水分の少ない重みのあるチーズの味わいに満足する。

しかし、表情が和らぐことはない。

彼の心が向けられているのは、室内に散乱する武器でも、手にした地図でも、ましてやチーズの味でもないからだ。

だから、扉がノック無しに開いたことに、しびれを切らせたように立ち上がった。

「どうだった？」

アルシュナは来訪者の言葉を待たずに、早々に尋ねた。

対して、慌てた様子を見せない紫色の髪の男は、黒い眼帯に片手を添えて、「まあ落ち着いてください」と宥める。

後ろ手に鍵をかけ、悠々と室内に歩を進める。

「頼まれていた調査ですが――」

「もったいぶるなよ。さっさと結論を言ってくれ。あのカルナリアが調べに行ったくらいなんだ。何か見つけたんだろ？」

アルシュナの表情に、焦りが浮かぶ。

男は眉一つ動かさず、ゆったりと手を組んだ。

「仮に《ファイヤーボール》を使って、あのような状態に変えたとすれば――」

男が言葉を切り、にいっと口端を上げた。

「その者は間違いなく悪魔の力を得ているでしょう」

アルシュナが両目を見開いた。勢いよく立ち上がり、拳を震わせる。喉を潤すように唾を呑む。

そして、一度顔を叩いてソファに腰かけ、「しかし」と反論する。

「警備員の調査では、『魔法強化用のアイテムを使ったと思う』と報告が上がっている。もしくは、サナトが『例の少女のような攻撃力増幅スキルを有している』と」

「そやつらは、焼けた大地しか調査していないのでしょう。近くの大樹を見れば、問題の本質がそんな些細なところに無いことに自ずと気づくはず」

男は薄い冷笑を浮かべ、己が目にしたことと、そこから導き出される予想を滔々と語った。

青ざめたアルシュナの表情にゆっくりと理解の色が浮かんだ。

「学園長はこれに気づいて入学させたと思うかい？」

「どうでしょう。私はそのあたりの事情は知らないですから」

男は軽い口調でかぶりを振る。

アルシュナが不愉快そうに視線をそらし、ふと何かに気づいたように表情を緩めた。

「……僕が、勝てると思うかい？」

「当然です」

興味がないと言わんばかりだった男が顔をしかめた。小さなため息とともに、「バカバカしい」と首を振った。

そして、瞳を三日月形に変えた。揺るがない自信が透けて見える。

「アルシュナの実力、私の力。その二つを前に、少々珍しい能力を持つ程度の人間が、勝てるわけがない。能力が未知数の学園長の方が厄介ですよ。サナトとやらは、大方、魔法改変の力に長けた悪魔と出会えたのでしょう。それならば威力増強も形態変化も説明できる」

冷めた表情に戻った男が、「路傍のアリがバッタに変わったようなものですよ」とつぶやいた。

アルシュナが「そうだよな」と、ほっとした表情で相槌を打った。

「けど、不安要素には違いない。先に消しといた方がいいかな？　直接が難しいなら、ライルのように餌をぶら下げてバルベリト迷宮に挑戦させる手もある」

「あそこは冒険者が多数おりますから、彼のように深層まで潜れなければ、逆に人目についてやりづらい。それならば、『光矛祭』とやらで事故を装えば十分です。復活の輝石だけに注意してね。必要ならば、すぐに私が消しましょう」

「そうか……うん、そうだな。お前に見に行かせて良かった。まさか、この大事な時期に僕と同じ人間が入ってくるとは思わなかったから、少し慌てたよ」

「自然に悪魔に出会うことは珍しいですから、それは致し方ないかと。長い付き合いですから、アルシュナの性格は理解していますし」

男の言葉に、アルシュナが微笑を浮かべた。

「これからも頼りにしているよ。最強の悪魔ウェンティ」

「お任せを、と言いたいところですが、対価はお忘れなく」

「もちろんさ。もう間もなくだ」

淀みない返事に、ウェンティが微笑んだ。

眼帯で隠されていない瞳が、鈍い金色の光を湛《たた》えていた。

元Sランク勇者の
天然やりすぎファンタジー開幕!

魔境と恐れられる最果ての街に、一人の少年がふらりとやって来た。彼の名は、ロイ。Fランクの新人冒険者である。魔物蔓延る過酷な辺境での生活は、彼のような新人にはあまりに荷が重い。ところがこの少年、実は魔王を倒した勇者だったのだ。しかも、ロイにはその自覚がまるでないものだから、周囲は大混乱!?
規格外新人冒険者のちょっと賑やか(?)な辺境生活が始まる!

●定価:本体1200円+税 ●ISBN 978-4-434-27061-1

illustration:ひづきみや

初期スキルが便利すぎて異世界生活が楽しすぎる！
Shoki Skill Ga Benri Sugite Isekai Seikatsu Ga Tanoshisugiru!
1~3
霜月雹花
Hyouka Shimotsuki
超お人好し少年は
人助けをしながら異世界をとことん満喫する！
無限の可能性を秘めた神童の
異世界ファンタジー！
神様のイタズラによって命を落としてしまい、異世界に転生してきた銀髪の少年ラルク。憧れの異世界で冒険者となったものの、彼に依頼されるのは冒険ではなく、倉庫整理や王女様の家庭教師といった雑用ばかりだった。数々の面倒な仕事をこなしながらも、ラルクは持ち前の実直さで日々訓練を重ねていく。そんな彼はやがて、国の元英雄さえ認めるほどの一流の冒険者へと成長する——！
1~3巻好評発売中！
●各定価：本体1200円＋税
●Illustration：パルプピロシ

ネットで話題沸騰！
アルファポリスWeb漫画
面白い漫画が毎週読める!!
ALPHAPOLIS
アルファポリスCOMICS
原作：秋川滝美
漫画：しわすだ
居酒屋ぼったくり
BOTTAKURI
ゲート GATE
自衛隊 彼の地にて、斯く戦えり
原作：柳内たくみ
漫画：竿尾悟
原作 右薙光介 漫画 沢月とと
落ちこぼれ[☆1]魔法使いは、今日も無意識にチートを使う
原作 時野洋輔 漫画 古川奈春
勘違いの工房主《アトリエマイスター》
原作 アルト 漫画 早神あたか
今冬連載開始予定
前世は剣帝。今生クズ王子
人気連載陣
● THE NEW GATE
● 月が導く異世界道中
● 異世界に飛ばされたおっさんは何処へ行く?
● 素材採取家の異世界旅行記
● 異世界ゆるり紀行 ～子育てしながら冒険者します～
● いずれ最強の錬金術師?
● 追い出された万能職に新しい人生が始まりました
and more...
原作 椎名ほわほわ
漫画 六堂秀哉
とあるおっさんのVRMMO活動記
原作：金斬児狐
漫画：小早川ハルヨシ
Re:MONSTER リ・モンスター
選りすぐりのWeb漫画が無料で読み放題!
今すぐアクセス!
アルファポリス 漫画
検索
アルファポリスアプリ
スマホでも漫画が読める!
App Store/Google play でダウンロード!

この作品に対する皆様のご意見・ご感想をお待ちしております。

おハガキ・お手紙は以下の宛先にお送りください。

【宛先】

〒150-6005東京都渋谷区恵比寿4-20-3恵比寿ガーデンプレイスタワー5F
（株）アルファポリス　書籍感想係

メールフォームでのご意見・ご感想は右のＱＲコードから、
あるいは以下のワードで検索をかけてください。

アルファポリス　書籍の感想　検索

ご感想はこちらから

本書はWebサイト「アルファポリス」（https://www.alphapolis.co.jp/）に投稿されたものを、改題、改稿、加筆のうえ書籍化したものです。

スキルはコピーして上書《うわが》き最強《さいきょう》でいいですか３
改造初級《かいぞうしょきゅう》魔法《まほう》で便利《べんり》に異世界《いせかい》ライフ

深田《ふかだ》くれと　著

2020年2月4日初版発行

編集－宮本剛
編集長－太田鉄平
発行者－梶本雄介
発行所－株式会社アルファポリス
〒150-6005東京都渋谷区恵比寿4-20-3恵比寿ガーデンプレイスタワー5F
TEL 03-6277-1601（営業）03-6277-1602（編集）
URL https://www.alphapolis.co.jp/
発売元－株式会社星雲社
〒112-0005東京都文京区水道1-3-30
TEL 03-3868-3275
イラスト－藍飴
URL https://www.aoimaro.com/
デザイン－AFTERGLOW
印刷－中央精版印刷株式会社

価格はカバーに表示されてあります。

落丁乱丁の場合はアルファポリスまでご連絡ください。

送料は小社負担でお取り替えします。


ISBN978-4-434-27057-4 C0093